ことのは文庫

海辺のカフェで謎解きを

〜マーフィーの幸せの法則〜

悠木シュン

MICRO MAGAZINE

“If it can happen, it will happen.”

「起こる可能性のあることは、いつか実際に起こる」

マーフィーの法則より

Contents

『キッチン・マホロバ』は、海沿いに建つ小さなカフェで、なぜかちょっとだけ困った人たちばかりがやってくる。

「マホロバ」とは、〝すばらしい場所〟という意味の日本の古語らしい。

その名の通り、とても居心地がよく、僕の大好きな場所だった。


この物語のはじまりをどこから話そう？

そうだ、うちの猫の名前の由来からにしよう。

彼女と僕たちの出会いもあの場所から始まったのだ。

海辺のカフェで謎解きを

～マーフィーの幸せの法則～

一章　一度認めた例外は、次からは当然の権利となる

夏の入り口――。

午後四時。ランチとディナーの間のブレイクタイム。

昨夜から降り続いた雨は、正午過ぎには止んでいた。

虹が出てますよ、と最後のお客さんが教えてくれた。

そのお客さんが食べていた照り焼きチキンサンドがあまりにも美味しそうで、今日のまかないはこれを作ってもらおうと密かに狙っていたのに、食材が切れてしまったらしい。

ランチプレートは一日限定二十食となっているが、売り切れることなんてめったにない。

余ったランチは僕のまかないになったり、ディナーのシェフオススメメニューに回されたりする。

今日は、いつになくお客さんの入りがよかった。新メニューの照り焼きチキンサンドがよほど旨いのだろう。僕はまだ一度しか食べたことがない。

厚切りの食パンに塩でもんだ刻みキャベツがたっぷり入っていて、甘辛い醤油ダレとマ

ヨネーズの相性が抜群の一品。付け合わせの自家製ピクルスとチーズ入りオニオンスープも好評だった。

「しょうがない」そう呟いて、ため息交じりに皿を見つめた。こんがりと焼き色のついたホットサンドが二つ載っている。ボリュームたっぷりの照り焼きサンドと比べると、かなり薄っぺらく感じる。

カウンターの端に座り、中身はなんだろう？　と持ち上げた。見た目とは違って、ずっしりと重さがある。具が何かわからない状態で食べる楽しみ。お弁当のおにぎりを齧るときに似た感動がある。

大口を開けて、勢いよくホットサンドにかぶりついた。カリカリの食パンの後に来るじゅわっと甘酸っぱいソースが口の中を一気に幸せにしてくれる。断面から、トマトソースがたっぷり入っているのがわかった。指に落ちたソースをぺろっと舐める。

ふわふわとろとろのスクランブルエッグとチーズとハムの入った具沢山な一品。卵の甘みとハムの塩気が絶妙で、とろけるチーズが糸を引くように伸びるのも楽しい。

後味にちょっぴりバジルが利いていて、これもなかなか旨い。

甘み、酸味、塩味が絶妙なバランスで来たところで、ホットミルクを流し込んだ。練乳入りでほんのり甘い。至福のひととき。

「ナールー。おまえも一緒に捜してくれよ」

厨房の奥から、声が飛んでくる。僕――水城成留――は、聞こえないふりをしてホットサンドとホットミルクを交互に口に運んでいく。

さっきから、忙しなく厨房をうろつき、腕時計を捜しているのは『キッチン・マホロバ』のシェフであり店長である水城海人。つまり、僕の兄だ。

お客さんから衛生的によくないから外せと言われて素直に外したものの、どこへ置いたかわからなくなったというのだ。

何年も前からずっとつけているお気に入りのGショックというから、焦り具合が半端じゃない。

「がんばってー」と適当に声をかけ、食べ終わった食器をカウンターの上に載せた。

普段、クールに決め込んでいるせいか、あたふたしているときの兄貴はちょっと可愛い。

外の空気を吸おうと玄関の扉を開けた瞬間、ものすごい勢いで黒い塊が僕の足元をすり抜けていった。

目の前には、黒い服を着た、すらりと背の高い女性が息を切らしながら立っている。

右手には杖のようなものを持ち、深刻そうな表情をしていた。視線は、僕の足元にある。

どうやら、今、僕の足元をすり抜けていった黒い塊を追いかけてきたらしい。

黒い塊とは、最近うちの店に棲みついている猫である。名前はまだない。

体のほとんどが黒で、胸元と足先が白いので、黒いタキシードを着ているかのようだ。

首に小さなリボン形の模様があり、それが可愛いからと漫画の『リボンの騎士』から取って、名前を〝騎士〟にしようと兄貴が言い出した。

だけど、その漫画を知らない僕がなんだかしっくりこないと抗議したため、保留になっている。そろそろ、ちゃんとした名前が必要かなと思っているところだ。

元々は、野良猫で、何気なく餌をあげているうちにいつの間にか店に棲みつくようになっただけだから、近所の人に「うちの猫です」と言われても文句は言えない。

一週間近く帰ってこないこともよくある。最近見ないな、とこちらが気になったころにふらりとやってきて人懐こそうに纏わりついてくる。この気まぐれさが憎らしいところだ。

絶妙な距離感で、僕の気を惹く。

黒い服を着た女性は、ぜーぜーと息を吐きながら苦しそうに顔を上げた。見覚えはない。

「大丈夫ですか？」僕の問いに女性は小さく頷いた。

何か言いたそうな必死な目で僕を見つめる。そのとき、甘い香りが鼻腔をくすぐった。

好きな香りだ。脳を優しく刺激するような。

冷静になってよく見ると、手にしていた杖のようなものは、ただの茶色い傘だった。

女性は、眉間に皺を寄せ、乱れた呼吸を整えながら訊いてきた。

「あの猫ちゃんって、君ん家の？」やはり、猫を探してここまで来たらしい。

あ、いや、まあ……。と僕が曖昧に頷くと、女性はため息をついてそこにしゃがみこんだ。同時に、背負っていたリュックサックを下ろす。有名なアウトドアブランドのもので、かなりの大きさだ。

店の前は緑に覆われている。多肉植物や流木を組み合わせて作ったアーチやプランターがちょっとメルヘンな世界観を作り出してくれる。丁寧に手入れされた芝生は柔らかく、青々としていて美しい。

女性は、まだ苦しそうにしていて、話ができる感じではない。そこで、「少し前からこの店に棲みついちゃいまして……」と、言い訳めいた感じで答えると、「そう」とひとことと呟いてハンドタオルで汗を拭った。

濃くて長い睫毛が瞬きのたびに頬に影を作る。僕は女性を見下ろすと、観察し始めた。

黒のノースリーブのワンピースに、白のハイカットスニーカー。腰まである艶(つや)やかな黒髪、透きとおるほどの白い肌、くっきりとした二重瞼に指で摘み上げたような小柄な鼻。丸くてちょっと短い顎。細長い腕には、青い血管が浮き上がって見える。化粧はナチュラルで、唇の色だけがほんのりピンク色をしている。

年齢は、僕よりもやや年上の二十二、三歳。いや、もうちょい上か。眉毛の位置でぱっつと切られた前髪が幼く見せているだけかもしれない。

乱れた髪を手櫛で整え、胸元に垂れていた髪をふぁさっと後ろにやった。

その瞬間、ふんわりとプルメリアの香りがした。透明な風が頬を撫でていくような優雅で甘やかな香り。

　あ、やっぱり好きな香りだ。匂いフェチというといやらしく聞こえるので、香りフェチだと自称している。もし、〝一目惚れ〟のようなもので香りに特化したものがあるとしたら、僕は完全に〝一鼻惚れ〟していた。

「〝あいつ〟というか、猫を捜してここまで追いかけてきたんじゃないんですか？」

「ええ。そうなんだけど……」

「猫を返してほしいっていう話じゃないんですか？」

「違います。さっき、近くの公園で、中学生くらいの男の子たちが猫ちゃんを木の上から地面に落とそうとしていたの。こうやって、手足を持って」

　女性はジェスチャーを交えて説明する。

　この近くということは、欅（けやき）の大門（おおと）公園のことだろう。公園といっても、遊具や広場があるわけではなく、遊歩道と展望台しかない。細い小道の先にある茂みの中には、樹のトンネルがある。そこは、まるでジブリのような世界観。通称トトロの森。

「中学生が？　なんで？」

「さあ。五、六人ぐらいだったかな。『これはまだ誰も成功したことがない実験です』とか言いながら、スマホで撮影してて」

「実験？　ひどいことするなあ。それが本当だったら、許せない」

「なんか様子が変だったの、その子たち」

「変っていうか、バカだろそいつら」

僕は、怒りに任せて叫んでいた。女性が悪いわけではないのに、責めるように語気を強めてしまった。

「仲間割れしてるというか、ケンカしてるというか、揉めてる感じで。止めろって言ってる子もいたのはいたんだけど。本当は、やりたくない子もいたんじゃないかな」

「ビビるくらいなら、最初からするなよ」

僕は、思わず拳に力が入る。

「私、注意しようとしたんだけど、勇気がなくて……」

「えっ、じゃああいつは？」

「ううん、それは大丈夫。たまたま居合わせた外国人が注意してくれて助かったから」

「外国人ってどんな？」

この辺は、観光客や留学生の外国人も多い。

だから、何人かという意味で訊いてみたのだけど、女性からは意外な答えが返ってきた。

「ええと、〝アイアムミッドフィルダー〟って書いてあるTシャツを着てて、トレーニング中って感じだった。もしかしたら、サッカー選手かもしれないわ。背も高くて体もがっしりしてて大きかったから」

僕は、首を捻りながら女性の目をじっと見つめてしまった。

女性は、自分の説明がおかしいことに気付いたのか、申し訳なさそうに少し笑った。つられて僕も笑う。

「ちなみに、その外国人はどう注意してたんですか？」

ストップとか、フリーズなんていう単語が浮かんだ。

「わからない。ものすごい早口の英語で怒鳴ってたから。でも、あっという間に中学生はいなくなってしまったの。ごめんなさいごめんなさいって謝りながら、逃げて行ったわ」

そのときの中学生の気持ちを想像すると、いい気味だ。突然、体の大きな外国人に英語で怒鳴られたら、そりゃ恐ろしいだろう。

「でも、まあ、とりあえずよかった。あいつが無事で」

僕が言うと、女性は首を横に振った。

そして立ち上がると、一気に捲し立てた。

「あの子たちが、どんな実験をしようとしていたのかはわからない。でも、猫ちゃんの背中に何かしていたのは間違いないわ。チューブ状のもので、文字を書くみたいにして背中にぐちゃぐちゃって塗りたくってた」

「背中にぐちゃぐちゃ？」

僕は、わけがわからず女性の言葉を繰り返し、首を捻る。ただ、落とすだけでも十分ひどい行為なのに、背中に何かを塗っていたとはどういうつもりなんだ。

「ええ。それから、体をひっくり返して手足を持って落とそうとしていたの。なんか、挑発するような感じで。ほらほら、落とすぞー、いいのかーって」

「なんでそんなことを……」

僕たちは、顔を見合わせ「うーん」と首を捻った。

「あれ？　でも私、なんで追いかけてきちゃったんだろう」

女性は、眉をひそめて呟いた。

僕は、ちょっと待っててと言い、店の中に入って猫を捜した。

いつもの場所に、丸くなってあいつはいた。

天井から吊るされた二連のバリ式のアタ籠の上部。元々は、インテリア用に飾っていた籠だけど、いつからかそこは、名もなき猫のお気に入りの場所として存在していた。

「おーい、何やってんだよ。一緒に捜してくれよー」

兄貴が叫ぶ。この店には、僕と兄貴の二人きりしかいないから、ただの独り言状態だけど。

「ちょっと今、大変なんだよ」と籠の中から猫を抱き上げた瞬間、思わずうわっと声を上げてしまった。ベトベトしたものが猫の体を覆っていたのだ。なんじゃこりゃ、と恐る恐る猫の背中を嗅いでみるとバターの香りがした。

お尻で押すように扉を開け、女性に猫を差し出すようにして見せた。

「バターが塗られてたみたいです」

「なんで、背中にバターなんて塗ったのかしら？」

僕と女性は、じっと見つめ合って同時に首を捻る。この動作、何度目だろう。

そこに、兄貴が扉を開けて出てきた。猫が僕の手からスルリと離れてまた店の中へ入ってしまった。

「どうしたんだ？」

兄貴が心配そうな顔で僕の顔をのぞく。その面（つら）がまた憎たらしいほど爽やかだ。今年で二十九歳になるというのに、初対面の人からは未だに大学生に間違えられたりする。ほとんど外に出ることもないから色白で、手足も長く高身長の兄貴は、白いエプロンがよく似合う。端整なマスクに、薄茶色の瞳が魅力的だと言われる。常連の女性客の中には、兄貴目当てでやってくる人も多い。

一方、僕の身長は、ぎりぎり一七〇センチあるかないかってところ。童顔で声が高いせいか、実年齢よりも幼く見られることが多い。兄貴のそれとは、わけが違う。

たまに、可愛いと言ってもらえることがあるけど、正直あまり嬉しくない。できれば、兄貴のようにかっこいいと言われたい。

コットン素材のブルーのシャツにベージュのチノパンと、デニム地のエプロンが僕の制服だ。兄貴に清潔感のある恰好で店に立て、と言われてからはずっとこのスタイルだ。

ちなみに、僕はこないだ十九歳になったばかりの大学一年生。

「あ、お客さん？」兄貴が、女性に気付いて笑顔で言う。

「いや、違うんだ。実はさ――」

僕は、女性から聞いたことを兄貴に詳細に伝えた。漏れのないように、丁寧に記憶を辿りながら。

「んー。実験か……。背中にバターか……。手足を持ってね……。木の上からか……仲間割れ……。ケンカ……。中学生……」

兄貴が人差し指をこめかみにトントントンと当てながら言う。

これは、兄貴が考え事をするときに必ずやる癖みたいなものだ。まず、軽くトントントントンと叩く。謎が解けてくると、叩くスピードも速くなる。

トントントン、トントントン……。

このリズムがなんだか、「Let me see」と言っているように聞こえてしまうのは気のせいだろうか。

「なるほどねー」兄貴は、しばらく考えた後うんうんと頷いた。

もう、わかったというのか。僕には、中学生が何をしていたのか全く見当もつかない。

なんのために背中にバターを塗っていたのかも。

「なるほどって、何が？　単なるイタズラじゃないのかよ」

　僕が言うと、兄貴は首を振った。

「『起こる可能性のあることは、いつか実際に起こる』ｂｙマーフィーの法則」

　兄貴は、かっこよく決めゼリフをかますと、にやりと笑った。きりっと男前の面が無駄に強調される。

　このフレーズが出たということは、すでに兄貴の中では謎が解けたということだ。

〃マーフィーの法則〃とは、先達の経験の中でたびたび生じた滑稽かつ物悲しい経験則をおもしろおかしくまとめたもの。何かうまくいかないことが起きると、それを引用して自虐的に言ってみたりする。

『試験直前に覚えた部分は試験に出ない』とか『計算間違いに気付いて、念のためにもう一度計算しなおすと、第三の答えを導き出してしまう』といった具合に。

　ちなみに名称にある「マーフィー」は、アメリカの航空工学者であるエドワード・アロイシャス・マーフィー・ジュニアに由来する。

「それ、素敵な傘だね」

「え？」女性が不思議そうに首を傾げる。

　僕も、兄貴がなぜ急に傘を褒めたのかわからなかった。しゅっと持ち手が長く、デパートで売っていそうな品のある傘で、素敵といえば素敵だ。

だけど、わざわざ傘を褒める意味ってなんだろう?

「これ見て」

兄貴は、店の傘立てを指さして言う。二本、ビニール傘の置き忘れがある。

「俺もよく、傘を電車の中とか歯医者とか、置き忘れてしまうんだよ。特に、今日みたいな天気のときは」

女性に説明しているが、視線は僕の方に来ていた。こめかみをトントントンと叩きながら。僕は、考える。兄貴が伝えようとしていることを。

今日の天気予報は、雨のち曇り。朝から傘を持って出かけるのは当然だ。さらに言うと、今日みたいな天気の日に傘を置き忘れてしまうことは兄貴に限ったことではない。

いったい、何を伝えようとしているんだ?

「もし、ビニール傘じゃなくて、素敵な傘なら俺も忘れないいんだろうけどな」

トントントン。トントントン。

だんだん、速さが増す。そして、鋭い視線を寄こしてくる。

これは、兄貴から僕へのアシストで、何か答えを導き出さないといけないとき、ヒントだけを僕に伝えてくるのだ。

さあ、解いてみろと言わんばかりに僕を煽(あお)る。わかっているならさっさと答えればいいものを、わざわざ僕にパスを渡して試すような視線を向けてくる。

兄貴は、それを楽しんでいるのだ。最終的には、兄貴が全部を解決して終わってしまうことがほとんどだけど。

十も歳が離れていると、互角に戦うことも遊ぶこともできなかった。内気で友達が少なかった僕の一番の友達は歳の離れた兄貴だった。

僕は、兄貴から与えられるヒントを頼りに、謎を解く遊びに没頭した。テスト勉強や受験で忙しい兄貴は、一緒に遊ぶことができないため、ノートの切れ端に暗号を書いて宝探しをさせたり、謎解きをさせたりした。情報を集めたり、現場へ行ったり、実際に動くのは僕の役目で、兄貴はずっと勉強机に向かったまま、小出しにヒントを与えてくるのだ。

「日本の傘の消費量は年間一億二千万本から一億三千万本だ。これは、世界でもトップクラスではないかと言われている。年間降水日数は世界で十三位であるにもかかわらず、どうしてこんなに日本人は傘が好きなんだろうねぇ？」

「別に、傘が好きだから傘をたくさん買ってるわけじゃないと思うよ。むしろ、無駄に傘ばかり買ってしまうことを後悔してる人の方が多いんじゃないかな。コンビニで買うとき、もったいないなって毎回思うもん」

「ちなみに、JR東日本では、傘の忘れ物の保管期間を二〇一九年度より、三ヶ月から一ヶ月に短縮することにしたらしい。よっぽど、傘の忘れ物が多いんだろうな」

兄貴は、爽やかに蘊蓄（うんちく）を並べる。

いったい、なんの話をしていたかわからなくなる。

中学生の話はどこへ行ったんだ。

こめかみのトントントンがだんだん速くなる。こうやって、いつも焦らせるのだ。

兄貴曰く、僕を成長させるための作戦らしい。だけど、出てくるのは、うーんと唸る情けない声ばかり。焦れば焦るほど、何も浮かばない。

しばらく考えた後、傘から連想して空を見上げた。

「あ、虹だ！　すげぇ」

僕が感動の声を上げると、兄貴が「それじゃねーよ」と脇を突いてきた。

女性は、海の方を見つめてふーっと息を吐くと薄く微笑んだ。憂いを帯びた目で、何かを懐かしむような表情。まるで、この場所を探していたかのような。

「続けてください。私、どうして猫ちゃんがあんな目にあっていたのか知りたいです」

女性が僕ではなく、完全に兄貴の方を見て言ったことに、軽い嫉妬を覚えた。絶対に、この謎を解いてみせる。負けず嫌いの僕は、急にスイッチが入った。

「ええと、あれだよな。ここまで出てるんだけど。なんだったっけなー。ほら、ええと、止まない雨はないって言いますよねー」

時間稼ぎのために、あーだこーだと適当なことを呟いてみる。

「傘だよ、傘。朝降ってて帰り降ってなかったら、忘れがちだよなって言ってんの」

兄貴が女性の方をチラッと見た。僕に言っているようで、女性に何かを言わせようとしている。

「えっと、これは大切な傘で……」

そう答えた後、女性は一瞬顔を強張らせた。傘に視線を落とし、握った手がわずかに震えた。

「失礼だけど、その傘は高価なものなのかな？」兄貴が訊く。

「どうだろう。でも、とても大切なものなんです」

大切、という言葉を強調して、もう一度言った。誰かにプレゼントされたものなのだろう。

「大切なものはプライスレス」

兄貴が、得意げな顔で僕を見てくる。そろそろわかっただろう？　という顔で。

「え、何？　もうちょいヒントないの？」

僕が首を傾げると、兄貴は「あっ」と声を出してにやりと笑った。イタズラを閃いた子供のような表情だ。

何やらポケットから取り出すと「じゃーん」と手品のように見せてきた。

親指と人差し指につままれたそれを見て、僕は思わず「うわーっ」と叫んでしまった。

兄貴がにやりとしながら、カラフルな糸で編み込まれたミサンガを見せてくる。

「な、なんで？　どこにあったんだよ」

「ふっふっふ。内緒だ。これで、おまえの掃除がいつも甘いことが判明したな」

　このミサンガは、僕が捜していたものだ。どうして兄貴が持っているんだ。

　二ヶ月前、付き合っていたカノジョとこの店を訪れた。家が小さなカフェをやっていると話したら、行ってみたいと言うので連れてきたのだ。

　付き合ってまだ二週間くらいのころだった。

　初めてカノジョを紹介するということで、兄貴も舞い上がっていた。マカロニグラタンとチキンとアボカドのサラダが載った可愛らしいプレートが、その日の日替わりランチだった。

　兄貴曰く、デートのときは、グラタンが一番いいらしい。ナイフやフォークを駆使して食べる料理は、お互い緊張して会話も食事も進まないという。葉物サラダではなく、敢えてチキンとアボカドにしたのも、フォーク一本で食べやすいという兄貴の配慮からだ。僕たちのために、ランチメニューを考えてくれたのが嬉しかった。

　大満足で帰る道すがら、僕とカノジョは大ゲンカをしてしまった。僕の手首に、カノジョからプレゼントされた手作りミサンガがなくなっていたのが原因だ。

　大学の友人たちは、今どき手作りミサンガなんてダサいとか言うけど、僕は嬉しくて大事につけていた。もらってから、一週間も経っていなかった。

その後、どんなに捜してもミサンガは見つからず、結局カノジョとはそのことが原因で別れてしまった。カノジョに振られたことよりも、自分のふがいなさに落胆した。まるで、自分のミスで試合に負けてしまったかのような悔しさが残った。

「俺のGショックは見つからないのに、だ」

言いながら、兄貴は僕のポケットに、ミサンガをねじ込んだ。

僕は、今さらこれが戻ってきてもカノジョは戻ってこないけど、と心の中で突っ込んだ。

「ああ。ありますよね、そういうこと。捜し物をしてると、別の捜してないものが見つかっちゃうってこと」

女性が少し嬉しそうな声を上げる。何かに気付いたのだろうか。兄貴の方を見て、笑みを浮かべている。

「そうそう。あるよね」

兄貴が女性の方に、両方の人差し指をぴゅっと突き出してナイスのポーズを取る。

そのポーズは、本来なら僕に向けられるものなのに、とわけのわからない感情で胸がくしゅっと萎(しぼ)んだ。

いったい、なんの話だったっけ？　と頭が混乱してくる。

そうだ、〝猫と中学生とバターの謎〟を解かないといけないのだ。

傘の次にミサンガ？　いや、ミサンガは関係ないのか。あれ？　でも、兄貴が本来捜していたものはGショック。順番に、兄貴の出したヒントを思い返してみる。

置き忘れてしまう傘。大切にしている傘。プライスレスな傘。高価な傘……。

Gショックを捜していたらミサンガが見つかった。だけど、ミサンガを捜していたのは兄貴ではなく僕……。

ぶつぶつ呪文のように唱え、イメージする。脳内に浮かぶ、傘やミサンガの形。それを、文字にして置き換える。共通点はないか、法則はないかと考える。

猫、落とす、背中、バター、傘、ミサンガ、Gショック。

そこで、脳内のパズルがカチッとはまった。

答えが降りてくる瞬間は気持ちいいけれど、兄貴のアシストあってのものなので複雑な心境だ。

「さっき、中学生は猫の手足を持っていたって言いましたよね？」

僕は、プルメリアの香りのする女性に確認する。

「そう。こうやって、手足を持って……」

「わかったぞ」

僕は、歓喜の声を上げ、意気揚々と推理を披露する。

「つまり、猫は、背中から地面に落とされようとしてたってことですよね」

「そうね。背中を下に……」

「やっぱりそうか。てっきり、バターが手につかないように手足を持ったのかと思ってたけど、やつらの目的は違ったんだよ」

「どういうこと？」女性は興味津々に僕を見つめる。

「『トーストを落とすと、必ずバターがついている方が下になる』って聞いたことないですか？」

「え？」女性は首を傾げる。

「さっき、兄貴が傘を置き忘れる確率の話をしましたよね。『傘を置き忘れる確率は傘の値段による』って。それが最初のヒント。その次のヒントが、偶然見つかった僕のミサンガ。『探していないものは必ず見つかる』っていう。この二つにはある共通点があったんです」

「共通点？」

「トーストの話も一緒です。さっき、あなたは、中学生はある実験をやっていたと僕に言いましたよね」

「ええ」

「では、『落としたトーストがバターを塗った面を下にして着地する確率は、カーペットの値段に比例する』って聞いたことないですか？」

「マーフィーの法則？」

「そう、それ。兄貴は、わざと〝マーフィーの法則〟を僕に伝えてきた。傘の話と、捜し物の話を例に出して」

僕は、得意げに答える。兄貴がいいぞいいぞと言わんばかりに微笑んでいるのが嬉しい。

「やつらがやろうとしていたのは、〝バター猫のパラドクス〟という実験だ！」

「それも、マーフィーの法則なの？」

女性が眉毛をへの字にして訊いてくる。

「いいかい――」僕は、人差し指をピンと立てて推理を始めた。

「――猫というのは、どんなときも足を下にして着地する生き物だ。そして、マーフィーの法則に従えば、バターを塗ったトーストは、必ずバターを塗った面が下になって着地する。この二つの規則が常に正しいと仮定した場合、何が起こるのか？　そこで、バターを塗ったトーストを猫の背中にくくりつけて落としたらどうなるか、という逆説的実験が考えられた。それが〝バター猫のパラドクス〟であり、やつらがやろうとしていたことだ」

「えっ、でも、あの子たちは直接猫ちゃんの背中にバターを塗ってたのよ。トーストなんてどこにもなかったわ」

「まあ、そういうツメの甘いところが中学生らしいじゃないか」兄貴が、女性に向かって言う。

「もし、あのまま実験を続けていたらどうなったのかしら？」

「さあ。この実験結果は、ネットで調べても出てこない」

「どうして？」

彼女が素っ頓狂な声を上げる。

「そりゃ、色々問題があるから。動物虐待とかね。もし猫に何かあったらどうするんだって、愛護団体が黙っちゃいない」

兄貴は、涼しい顔をして答える。

「だから、その中学生は自分たちがやろうとしたんだ。その実験結果をネットに上げて、有名になろうとでも思ったんだろ」

僕は、声を張り上げて言った。同時に、怒りがこみ上げてくる。

「そうかもな。だけど、ナイトは助かった」

「勝手に名前決めるなよ」

そこで、女性があっと大きい声を出し、目をかっと見開いて捲し立てる。

「マーフィーだ。あの勇気ある外国人の名前は、マーフィーだったのよ。だって、彼の背中には〝I am MF〟って書いてあったもの」

女性の言葉に僕たちはゲラゲラと声を出して笑った。MFは、ミッドフィルダーの略称として使われるが、それをマーフィーと読むなんて。

「マーフィーの法則ならぬ、マーフィーの勇気か」僕は、呟く。

「じゃあ、マーフィーという名前はどうかしら？　マーフィーに助けられた猫だからマーフィー」女性が言った。

そんなこんなで、うちの猫はマーフィーと名付けられた。

僕の住む町は、福岡県の北西部に位置する愛島(いとしま)というところで、美しい海岸線と豊かな自然が広がるとても住み心地のいいところだ。名前から勘違いされやすいけれど、愛島は離島ではなく市の名前だから陸続きになっている。福岡市内から車で三十分というのも魅力の一つだ。

何年か前から、ＳＮＳ映えスポットとなる店やらオブジェやらがあちこちにでき、雑誌やテレビで宣伝しまくったおかげで、何もなかった町はいつしか観光客の絶えない福岡の新定番観光エリアになった。翼の描いてある壁だったり、バカでかいブランコだったり、オシャレでキュートなロンドンバスのカフェだったり。

桜井四見ヶ浦(さくらいよつみがうら)の沖合に並ぶ大小二つの巨大な岩は〝夫妻岩〟と呼ばれ、恋愛成就の定番スポットとして親しまれている。その前には、高さ約八メートルの白い海中大鳥居があり、この町のシンボルといっても過言ではない。

「フォトジェニックな町」とか、「福岡のハワイ」とか色んな煽り文句で彩られているらしい。

らしい、というのはつまり一部だけにぎわっていて、それ以外のところは昔と変わらず何もないってこと。

僕と兄貴が働く『キッチン・マホロバ』は、有名な雑誌で取り上げられたこともなければ、テレビの取材が来たこともない。

海辺の小さなカフェ、と言えば聞こえはいいけど、立地が最悪だ。ストリートビューで検索しても、うちの店はちらりとも映らない。県道から一本入ったところにあり、竹林で視界を遮られ非常に見つけづらい。

最新地図アプリを駆使して探しても、きっとわからないだろう。そればかりか、日中はほとんど人が歩いていない。

なぜなら、ここは車社会だから。わざわざ、歩いてどこかに行くという人は少ない。だから、うちの店を何かで知って行ってみようと思っても、道に迷ったら最後、訊ねる人がいないのだから来店のしようがない。

都会にある隠れ家的なお店なら格好がつくだろうが、うちは本当の意味での隠れ家なのだ。地元の人か、その人たちに紹介されてやってきた人か、運よく見つけることができた観光客でなんとか生計を立てている。

店先の洗い場でマーフィーの背中を流してやった後、店内に戻るとカウンターの一番端にさっきの女性が座っていた。兄貴がお礼をしたいと言い出したのだ。

お礼なら、勇気ある外国人にもしたいところだけど。

「名前、訊いてもいいかな？」

「邑崎紫といいます。名字もむらさきで、名前も紫なんです」

メニュー表を見ながら、にこやかに答える。

「ああ、なるほど。紫と書いてユカリか。覚えやすくていいね」

兄貴は厨房でスープ用の寸胴鍋の火を調節しながら話しかけていた。

「紫ちゃんは、この町は初めて？」

さらっと、ちゃん付けで呼ぶところが兄貴のにくいところだ。

「あ、はい」

「観光？」

兄貴の何気ない質問に、彼女はうっと言葉を詰まらせた。何か悪いことでも訊いただろうか。

──紫さん。僕は、心の中で呼んでみた。何度か、舌の上で転がして呟いてみる。決して聞こえないように。

「そっか」

空気を読んだ兄貴は、それ以上質問することを止めた。僕なら、質問攻めにしていたかもしれない。妙な沈黙が流れた。

しばらくして、「実は、私が探していた場所だったんです。ここ」と、紫さんが静かに口を開いた。

「ここって、うちの店のこと？」

「はい。これなんですけど」

紫さんは、兄貴にスマートフォンを見せる。

「ああ。これはうちの前から撮った写真だな。すごく、海と空が綺麗だ」

「ええ」

彼女の顔が、一瞬花が咲くようにふぁっと色を持った。それまで見せた笑顔とは別の種類の。僕は、所在なげに各テーブルを拭きながら、二人のやりとりを聞いていた。そっと、会話に耳を傾ける。

なんだか、もどかしい。その写真は誰が撮ったものなのかとか、写真と紫さんの関係とか、なぜここを探していたのかとか、もっと訊いてほしいのに。兄貴は、余計なことは言わないし訊かない。客商売の極意というか、大人の嗜(たしな)みみたいなものなのだろう。

「それから、これ……」紫さんの指が僅かに震えた。

「僕にも見せてください」と、体を浮かせた途端、勢い余って椅子に足をぶつけてしまった。「痛ってぇ」とカウンターに項垂れ、兄貴が「だっせー」と笑い、紫さんが「大丈夫？」と苦笑する。

束の間笑い合った後、紫さんのスマホの画面を盗み見たが、特に変わったものは映ってなかった。ただの綺麗な海と空の写真だった。

今さら、もう一度見せてとは言えず断念した。

「この近くに、ひまわり荘という下宿屋さんがあるのをご存知ですか？」

「それなら、来る途中で見かけなかったかな。黄色い看板のところ」

「必死で追いかけてきたから、マーフィーを」

紫さんは、照れ臭そうに呟いて、籠の方を見つめる。

そのとき、マーフィーと命名された猫は、ぴょんっと華麗にジャンプして籠から下りた。

「後で、成留に送らせるから」

「ナル？」

「そこにいるうちのバイト。ついでに俺の弟」

「へぇ」紫さんは、僕と兄貴の顔を交互に見て、「実のご兄弟なのねぇ」と感心するように笑った。

「ナルくんかぁ。ハワイ語で波って意味よね」

「え？　初耳なんすけど」

「そんなわけねぇだろ。小学校のとき、自分の名前の由来について親から聞いて作文に書くっていう宿題なかったか？」

「あったあった。そのとき確か〝為せば成る、為さねば成らぬ何事も、成らぬは人の為さぬなりけり〟から名付けたと母ちゃんが言っていた気がするけど」

「あはは。母ちゃん、ちょっとかっこつけて言いたかったんだろな」

「え？　じゃあ、マジで僕の名前の由来はハワイ語で波？」

「そうだよ」

兄貴が苦笑しながら言うと、紫さんは右手の拳を鼻の前につけて笑った。

今まで、ナルシストだのナルニア国王だのといじられ続けてきたこの名前が、ハワイ語で波だと知ると少しだけかっこいいものに思えるから不思議だ。

「ちなみに、俺はミナトといいます」

兄貴が照れ臭そうに、でもちょっとかっこつけて自己紹介をする。

「ミナトさんにナルくんか。二人とも海っぽい名前で素敵」

「だろ？」兄貴が得意げに言う。

「でも、紫さんだって、海っぽい名前じゃないっすか」

つい勢いで、紫さんと口にしてしまい、恥ずかしさで顔が紅潮していくのがわかった。

「え？　海っぽいかしら、私の名前」

紫さんは、首を傾げる。

「ムラサキのサキは、長崎とかの崎ですよね？」

「そうだけど」

「崎は、海に向かって突き出ている陸の先端のことをいいます。みさきとも読みますし。だから、紫さんも海っぽい名前の仲間です」

「勝手に仲間にすんなよ」

兄貴が軽く突っ込んで、三人で笑う。空気が和んでいく。

「注文、決まった？」

兄貴は、冷蔵庫の中からシルバーのトレイを取り出しながら言った。ディナーで出す、ビーフカツレツの仕込みだ。

「メニューにｅｔｃ（エトセトラ）ってあるんだけど、これは何かしら？」

「あー、それはお客さんからメニューにないものをリクエストされたとき用のやつ」

「だいたいなんでも兄貴が作っちゃうから。豚汁とかお茶漬けみたいな裏メニューがたくさんあって、閉店間際に来る常連さんがよく頼まれます」

付け足すように僕が答えた。

「じゃあ、お客さんがリクエストしたものの中で、これはいい、是非レギュラーメニューにしようってなったものとかあるのかしら？」

「それはないです。僕も提案したことありますけど、兄貴のＯＫが出たことはまだないです」

「お気に召すメニュー、ありませんでしたか？　どれも美味しいですよ」兄貴が言う。

「ううん。どれも美味しそうだから迷っちゃって」

兄貴の作る料理はどれも美味しい。気取ってなくてどこか懐かしくて素朴な味わい。それでいて、ちょっとメルヘンチック。温かみのあるほっとする味と、盛り付けの可愛らしさが最大の武器だと僕は思っている。

紫さんは、うーんとまだ迷っている。

「僕のオススメは、マホロバ特製オムレツです。これが、超絶品なんですよ」

「ふふふ。これねっ」

紫さんは、メニューの写真を指して笑う。

「デザートも人気ですし、あとパスタも旨いですよ」

僕は、次のページを捲(めく)るように促したが、紫さんはずっとカレーとオムレツのページを見つめていた。

うーん、としばらく唸った後、ようやくメニューを閉じた。

「決まりました。注文いいかしら？」

「どうぞ。なんでも」

兄貴は笑顔で答える。

「焼きカレーとマホロバ特製オムレツをお願いします」

「ええ？　二個も食べるんすか？」

うちの店の料理は、たぶん他の店で出る料理よりもボリュームがある。こんな華奢な女性が二品も食べるのは、ちょっと苦しいのではないだろうか。

「だって、なんでもいいって言うから」

「よし、じゃあ後ろの本でも読んで待ってて」

そう言うと兄貴は、冷蔵庫から四個卵を取り出した。

グラタン皿にターメリックライスをよそう。そこに、パプリカ、ブロッコリー、エリンギ、牛頬肉がゴロゴロ入った特製のカレーをかける。

それだけでも十分旨いのだが、さらにたっぷりのチーズをかけて真ん中に卵を落としてオーブンで焼く。

「すごい本ね。ちょっとした古本屋さんみたい」

紫さんがぐるりと店の中を歩き回る。せっかくのロケーションを邪魔しているのはこの本棚だ。それがなければ、目の前には絶景の海が広がっている。

きっと、十分な売りになる。〝海の見える隠れ家的ブックカフェ〟なんて、インスタ女子が放っておかないだろう。

だけど、うちの店から海はほとんど見えない。本棚が窓を塞いでしまっているからだ。しかも、オシャレな雑誌や情報誌の類ではなく、ほとんどが文芸書だ。

偶然ここを訪れた客は、店内に入ってちょっと残念そうな顔をする。なんだ、海見えないじゃんって。

そして、この店に来た人はなぜかうちを繁盛店にするためのアイディアを語りたがる。「もったいない」とか「ＳＮＳで宣伝すれば」とか「大きな看板を通りに出せば」などと助言してくるお客さんもいる。商売っ気を出せば、きっともっとお客さんも来るだろう。だけど、兄貴はそれを望んでいない。

「あっ」と紫さんが一冊の本を見つけた。

〝マーフィーの法則〟について書かれた実用書だ。

この本棚にあるのは、僕たち家族のものか、お客さんから寄贈されたもののどちらかで、これは後者にあたる。

最近、送り主不明で定期的に本が届く。そのうちの一冊だ。

「実は最近、その本を読んでおもしろいなって思ってたところだったんですよ」

僕は、その本を紫さんに勧めた。

「やっぱり、マーフィーに導かれてるのかしら」

紫さんは、ふふふと拳を鼻に当てて笑う。どうやら、彼女の癖らしい。

「そうかもしれないっすね」

適当に答えて、この本はいったい誰から送られてきてるんだろうと改めて不思議に思った。兄貴は、ありがたいからもらっとけなんて言っていたけど、本当にそれでいいのだろうか。送られてきた本は、この一冊だけではない。きっと何か意図があるんだと睨(にら)んでいる。

兄貴は、昔から不思議なことが起こると必ず言っていた。「起こる可能性のあることは、いつか実際に起こる」と。そして、豊富な知識と鋭い観察力でその謎を解き明かしていった。

「ナルくんは、今、学生さん？」

「はい。大学生です」

「夢とかあるの？」

あまりにまっすぐな目で見つめられて、ドキッとした。

「特には」

「ふーん。じゃ、ゆくゆくはこのお店でシェフとか？」

「いやー、考えてないっすね」

「でも、お兄さん一人じゃ大変なんじゃないかしら？」

「ここ、母ちゃんがやってた店なんすよ。今ちょっと入院してますけど」

僕たち家族は、元々は福岡市内に住んでいた。父ちゃんは、僕が小一のときに交通事故で亡くなった。

それから、三人でこの町に引っ越してきた。料理だけが得意だった母ちゃんは、海の近くでカフェをやろうと思い立ったらしい。

名字が水の城だからね、とかなんとか言っていたけど、本当はこの町に思い入れがあるからやってきたのだ。

昔、父ちゃんと母ちゃんはこの島を訪れていた。〝夫妻岩〟と〝大鳥居〟をバックに、二人が寄り添うように撮られた写真を見せてもらったことがある。浜辺でウエディングドレスを着た母ちゃんと、タキシードを着た父ちゃんの幸せそうな顔。ウエディングフォトというやつだ。

潰れたサーフショップを安値で買い取り、改装して、この小さなカフェを完成させた。

カウンター五席。テーブル席が四つ。テラス席が一つ。十五人も入れば満席になる。外壁も内壁も真っ白の母ちゃんの城。兄貴は、その城を守るために必死だ。僕は、大学生活の傍ら、手伝いをしている。

食堂でもレストランでもないのには理由がある。食堂というには外観がオシャレすぎた。レストランと呼べるほど立派なものは作れない。喫茶店にしてしまうと愛煙家の溜まり場になってしまうのではないかと考えた。ちょうどいいのがカフェだったというわけだ。

ちなみに、兄貴はここを洋食屋に変えてしまいたいらしい。僕は、今のカフェという響きが気に入っているのでこのままでいいと思っている。

ぶーんというハンドミキサーの音が厨房から聞こえてきた。うっすらとかかっているBGMのボサノヴァはこの音にいつもかき消されてしまう。

「珍しいわね」

紫さんが厨房の方を見ながら言う。

「何がですか?」

「だって、オムレツっていったら三日月みたいな形のものが主流でしょ? なのに、ここのオムレツはまぁるいドーム形。なんだか、絵本に出てくるお料理みたい」

「あれは、僕たち家族の思い出が詰まってるんです。うち、父ちゃんが死んで、一気に貧乏になっちゃって。気分は沈むわお金はないわで。そんとき、絵本みたいなふわふわでまんまるのオムレツを作ったら、僕たちが喜ぶんじゃないかって母ちゃんが作ってくれて」

「へぇー。それを継承してるってわけか。いいご家族なのね」

紫さんは、目を細めて厨房を見つめる。

兄貴は、白くメレンゲ状になった卵を鍋に流し込んだ。

愛島産の〝つまんでみ卵(らん)〟というブランド卵を使用している。黄身を摘まんで持ち上げても破れないのが特徴だ。

泡を潰さないようにそーっと丁寧に端から内側に寄せていく。最後は蓋をして膨らむのをじっと待つ。白い丸皿の上にぱこっと伏せると〝マホロバ特製オムレツ〟の完成だ。

カウンターの上に置かれた皿を、紫さんの前に置いた。オムレツがぷるぷると皿の上で揺れる。僕は、こんなに膨らんだオムレツを他で見たことがない。こないだ高さを測ったら、なんと七センチもあった。

「すごいっ。美味しそう。バターの香りもいいわ」

「どっちにします？　特別に、二つ試してみてもいいけど」

ソースは、特製のトマトソースか明太子マヨネーズの二種類から選べる。もちろん、卵そのものに味がついているのでそのままでも旨い。

紫さんは、僕の質問には答えず、皿を揺すって楽しんでいる。「ほら見て、すごいぷるぷる」なんて感動の声を上げながら。

「よし、成留ー。これも運んで」

焼きカレーができたらしい。香ばしいカレーの香りとチーズの香りが食欲をそそる。お腹は減っていないのに、ごくりと喉が鳴る。

「じゃ、置きますよ。熱いから気を付けてください」

木製の受け皿を持ち、スキレットの柄が紫さんに当たらないようにそっと置く。

「うわあ。こっちも美味しそう」

紫さんの頬がほんのりピンク色に染まっていく。どちらからスプーンを入れるんだ？　僕なら、まず、ソースなしでオムレツを一口行くけど。

兄貴と僕が、紫さんの第一声を聞くために息を殺して見つめる。紫さんは、オムレツの皿を持ち上げて香りを存分に楽しんだ後、とんでもないことをやらかした。

皿からオムレツが落ちていく。いや……。落とした？

そのとき、僕は思わず「何やってんすか」と叫んでしまった。

「ふふふ。見て。ほら、こっちの方がいいでしょ？　いただきます」

なんと紫さんは、オムレツを焼きカレーの上に載せて食べ始めたのだ。

うちは、食べ方を強要するようなこだわりの強い店ではないけれど、さすがに牛丼に生卵を落とすような感覚でこの焼きカレーを食べた客は一人もいない。

兄貴は、鼻先をポリポリかいて笑っている。

「うーん」紫さんは、あまり咀嚼せずにゆっくり飲み込むと、さらに続けた。「卵を口に入れた瞬間はふわっと滑らかなんだけど、すぐにしゅしゅわーって舌の上で溶けて飲み込んだら甘くって。雲食べてるみたいな感じ。そのあとに焼きカレーのピリッと辛いのがきて、チーズもちょうどいい塩梅で、中の半熟の卵も最高っ。想像を超える美味しさ。伝わってるかな。私の感動」

捲し立てるように紫さんは言葉を紡いだ。

「うちの料理は、全部旨いんすよ」

作ってもいないのに、得意げに僕が言う。

「それに、アルミ製のスプーンじゃなくて、木製のスプーンっていうのがいいわね。舌触りが全然違ってくるもの」

紫さんは、ふーふーはふはふとオムレツの載った焼きカレーを口に運んでいく。その顔があまりにも美味しそうで幸せそうで、つい兄貴も僕も笑顔になってしまう。

「ごちそうさまでした。すっごく美味しかったです」

僕の心配をよそに、紫さんはあっという間に焼きカレーｏｎオムレツを平らげた。

「ねえねえ、この合体させたやつ、レギュラーメニューにしちゃったらどうかしら？」

「そんなの無理っすよ、ねえ？」

兄貴に同意を求めてみたが、何も答えない。

「でも、これは絶対こっちの方がいいもの。なんか、幸せ増し増しって感じがして」

「悪くないな」

兄貴が腕組みしながら言う。

「でしょ？　〝幸せのふわふわ焼きカレー〟なんてネーミングどうかしら？」

「幸せ？」注文するときに恥ずかしくないだろうか。

「うん。みんな、これを食べたら絶対幸せになれるわ」

「世の中に絶対はないですって」

僕は冷静に突っ込む。

「ううん。美味しいものを食べたら誰だって幸せになれるわ。これは絶対。だって私は、これ食べて幸せな気持ちになったもの。幸せ増し増しよ」

彼女は、ムキになって捲し立てた。よっぽど、この組み合わせが気に入ったのだろう。

「紫さんって、けっこう強引っすね」

「いいじゃないか。幸せ増し増しになるんなら」

兄貴が微笑む。本気で言っているのか、この場のノリで言っているのかよくわからなかった。

「よかった。ここに来られて」

紫さんが、ホッとしたように目を細めた。

「また、食べにおいで」

兄貴は、全てを悟ったような表情で言う。

「はい。しばらくこの町にいるつもりなので」

二人は、軽く頷いて微笑み合った。大人同士の空気の読み合いって不思議だ。相手より半歩下がった物言いをしながらも、思考はその何手も先を読んでいたりするのだから。

「では、〝幸せのふわふわ焼きカレー〟ご用意して待ってます」

兄貴が胸に手を当て、執事のようなポーズで言う。

「え？　マジで？　正式に決まり？」

「そうだな。明日から、いや今夜からメニューに追加だ」

「嬉しい。本当に載せてもらえるのね」

「ウソだろ。ズルっ。いいなー。僕も、がんばって新メニュー提案しよう」

「これ以上、メニュー増やす気ないから」

兄貴が冷たく言う。

「なんでだよー。紫さんのはＯＫだったのに」

「今回は特別だ」

「納得いかねーなー」

「じゃ、俺が納得するやつを考えることだな」

「『一度認めた例外は、次からは当然の権利となる』ｂｙマーフィーの法則」

僕は、胸を張って言う。

「何言ってんだよ」

兄貴は、ふんっと鼻で笑った。

「だから、僕にもメニューを考える権利があるってことだよ」

「はいはい。せいぜい、がんばってくれ」

「でも、楽しいわね。美味しいメニューが増えていくのは」

紫さんは、満足げに笑う。兄貴と僕もつられて笑う。

そろそろ、夜のお客さんが入ってくるころだ。

「じゃ、ひまわり荘まで送ります」

「マーフィー、またねー」

紫さんが籠に手を伸ばすと、マーフィーがしゃっと勢いよくジャンプした。床に張り付くような綺麗な着地だ。いつの間に戻ってきたのだろう。

「あれ、ん？　これ何かしら？」紫さんが籠の中を漁っている。何か見つけたらしい。取り出したものを兄貴に見せる。

てのひらサイズの黒い塊だ。

「えー。俺のGショック。なんでここに？」

「さっきは、なかったけどな」

僕は、呟きながら頭を捻った。

もしかしたら、この猫はエスパーなのかもしれない。困った人を導いたり、探し物を見つけたり。

まあ、ただの偶然かもしれないけど。

店を出たのは、五時半を過ぎたころだった。

日の入りには、まだ少し時間がある。ここから見えるサンセットは絶景だ。夕日に照らされた海はキラキラと輝いて美しい。

傘立てに置かれている紫さんの傘の柄には、油性ペンで『どうぞ――ください』と書かれていた。

ところどころ消えていて、なんて書いてあったのかはわからない。

紫さんのリュックサックを持ってあげようと思い、「それ、貸してください」と手を差し出した。

「ありがとう」

ふわっと、紫さんは微笑む。生ぬるい風と共に、紫さんの髪の毛が僕の鼻先をくすぐるように通り抜けていった。

「ぶしゅんっ」と思わず、くしゃみが出る。

僕を見て、紫さんが笑った。今度は大きく口を開けて。

そのとき、僕の胸がキュッと鳴いて、じん、と熱を持つ。心臓を押さえつけられるような痛みが広がっていく。だけど、嫌な痛みではない。温かくて優しくて幸せな心地よさ。

これまで、何人かの女の子と付き合ってはきたが、自分から好きで好きでたまらなく好きで、という感覚はなかった。好きだと言われたから付き合って、好きじゃなくなったからと言われて別れることが多かった。勝手に好きになって勝手に嫌いになって勝手に離れていく。女子って勝手な生き物だな、と今まで思ってきたが、彼女たちは僕の気持ちに気付いていたのかもしれない。

優しいふりをするのは簡単だ。それが一番楽な方法だから。優しくされて嫌な女子はいない。そしてそれを好きだからと勝手に解釈してくれる。でも僕は、「好き」だなんて口にしたことは一度もない。変なところで律儀なんだ。僕は、本当に好きな人にしか「好き」だと言ってはいけないと思っている。それなのに、嫌われるのが怖くて優しくするからちょっとズルい。

結局、一番勝手なのは僕だ。

それに気付いて、ずん、と肩の荷がさらに重く感じた。

「大丈夫？」

「全然、余裕っす」

僕は、精いっぱいの痩せ我慢をする。これは、優しさじゃない。僕がしたくてしていることだから。

一緒に並んで歩くのは、なんとなく恥ずかしかったので、彼女よりも少しだけ前を歩いた。ずっしりと、リュックサックの重さが肩にかかる。

風が、彼女の香りを僕の鼻腔に届けてくれる。プルメリアは、ハワイを代表する花だ。そして、僕の名前はハワイ語で波。勝手に運命を感じて頬が緩む。

「紫さん、ハワイ行ったことありますか？」

「ううん」伏し目がちに答えると、小走りで僕の前を行く。

「あの、うちの店のこと、どうやって知ったんですか？」

「え？」

紫さんが立ち止まって振り向く。

「さっき、探してたって言ってたから。誰かに聞いたのかなって」

「ナルくんって、お客さんの顔とか特徴とか覚えてる方？」

「いや、どうかな。何回か来たら覚えますけど」

「ふふふ。そうよね。私のこと、忘れないでね」

「また、近いうちに来てくださいよ」

「うん」

紫さんは笑顔で頷くと、歩みを速めた。

あれ？　もしかして、躱（かわ）された？　質問に質問で返されて、結局誰に聞いてここへ来たのかわからなかった。

背中のリュックサックの重みを感じながら、彼女を追いかける。

「ねえ、公園に行ってみない？　もしかしたら、まだマーフィーがいるかもしれないわ」

「あ、そうだった。もし公園にいたら、お礼を言わないと。でも、英語でなんて言えばいいんだろ。マイキャット、ヘルプ、サンキューじゃなんのこと言ってるかわかんないだろうしなあ」

「ナルくん、英語はパッションよ」

紫さんは、笑いながら言った。気付くと、僕のすぐ隣を歩いていた。睫毛が頬に影を作る。

「紫さんは、英語得意ですか？」

「一応、英文学科卒業だけど、全然喋れないの」

あはは、と大きな口を開けて笑う顔が無邪気で可愛らしかった。

「大学卒業したのは何年前っすか？」

「あ、今、こっそり私から年齢を聞き出そうとしたでしょう？」

「バレましたか」

「短大だから、卒業したのは六年前になるかしら。今年で、二十六歳」

「へぇー。あ、そうなんすね」

そっけなく答えたものの、若く見えますねとか言った方がよかっただろうかと後悔した。女性の一人旅なんて珍しいことではない。バカンスに訪れる観光客は大勢いる。だけど、紫さんが他の人たちとどこか雰囲気が違うように感じたのはなぜだろう。

ひまわり荘の場所を確認し、公園へ急いだ。

汗が噴き出るのを、首にかけたタオルで拭った。沈黙になるのが怖くて、〝食べ物しりとり〟をしようと提案した。

最初は、「たまご、ゴマ、まいたけ、ケーキ……」なんていう単語からスタートしたのに、なかなか決着がつかないものだから、途中から文字数を限定して言い合うようになった。次々に、難易度を上げてテーマを変えていく。〝縛りしりとり〟だ。たかがしりとりでこんなに盛り上がるものかと不思議なくらいにヒートアップしていく。

「次は、国の名前縛り。濁音はスルーしてもＯＫ。いいですか。じゃあ、僕から――」

アメリカ→カナダ→タイ→イラク→クウェート→トルコ→コロンビア→アフリカ

「アフリカは、国の名前じゃないですよー」

「あーもう。ダメ。やっぱり、食べ物縛りに戻そう」

紫さんが提案する。

「ダメですダメです。そんなの簡単すぎます」

「じゃ、なんにする？」

「幸せなもの縛りにしましょう。僕から行きますよ。〝幸せのふわふわ焼きカレー〟」

「れ？　れ？　〝冷凍庫の奥に隠していたハーゲンダッツを見つけて食べるとき〟」

「長っ！　まあいいや。〝黄身がトロトロの目玉焼きが載ったトースト〟」

「と？　と？　〝とっても好きな人と食べるご飯〟」

「ん？　ごはん？　ははは。もう、終わっちゃったじゃないっすか。もしかして、しりとり苦手っすか？」

「そんなことないわよ」

紫さんがムキになってきゅっと唇をすぼめる。「でも、〝縛りしりとり〟楽しいね」と笑った。

「じゃ、次は〝ゆ〟のつくもの縛り。ゆかりー……」

僕は、どさくさ紛れに彼女を呼び捨てにした。言ってすぐ、顔が火照っていくのがわかった。そのことに気付かれないように、彼女を置いてずんずんと先を歩く。

「なにそれ、しりとりじゃなーい」

彼女は、小走りになって僕を追いかけてくる。あまりにも楽しくて、このまま永遠に続くのではないかと笑い合っていたら公園の敷地内に入っていた。

この時間は、さすがに観光客の姿はほとんどない。小道の先にある樹のトンネルに足を踏み入れると、照葉樹林がアーチ状に生い茂り、幻想的な空間が広がる。十分ほど登っていくと、展望台が現れる。

「あっ？　マーフィーだ」紫さんが叫んだ。

「どこ？」

「ほら、あの青いTシャツの人」

彼女の指す方を見ると、広い公園の端っこでスクワットをしている大男がいた。

「えっ。マジかよ」

僕はちょっとビビっていた。とても、強そうだ。中学生が恐れをなして一目散に逃げた気持ちがよくわかる。アフリカ人にも見えるし、アメリカ人にも見える。屈強な肉体に、ドレッドヘア、腕にはいくつかタトゥーが入っている。

「お礼、言わなくていいの？」

「うん。でも……」

僕は、思わず腰が引けて、その場に立ち尽くす。

「ほら、勇気を出して」

紫さんに、ぽんっと背中を押された。

「あ、じゃ、ちょっとお礼言ってくるから、紫さんもついてきてください。僕が一人で行ってもたぶん、さっきの中学生の仲間だと間違われるかもしれないから」

「わかった。行こう」

僕は、なぜかケンカでも挑むような気持ちでマーフィーに近付いていく。

「エ、エクスキューズミー？」

声をかけたものの、声が小さかったのか、彼はこっちを向こうとしない。

「エクスキューズミー？」

もう一度、大きな声で言ってみたが反応がない。

「ハァーイ！」

紫さんがマーフィーの左肩をとんとんと叩いた。

ようやく、マーフィーが僕らの存在に気付いた。とりあえず、笑顔で「ハーイ」と言ってみる。

マーフィーは、耳を触りながら僕と紫さんの顔をじっと見つめてきた。

どうやら、ワイヤレスイヤホンをしていたせいで、僕の声が聞こえなかったようだ。

「ほら、早く言わなきゃ」紫さんが急かす。

「あ、マイキャット　イズ　サンキュー。あー、ジャストナウ、ボーイズ、イタズラ、あー、ヘルプマイキャット、サンキュー」

身振り手振りで伝えてみたものの、マーフィーの眉間の皺は深くなるばかりだ。

「ソーリーソーリー」僕は、もう降参とばかりにただ謝る。

「どうして、あなたは謝ってるんですか？」

流ちょうな日本語が返ってきて、僕たちは驚いた。見た目のイカつい雰囲気とは違って、耳心地のよい甘くてすーっとよく通る声をしている。俗にいうイケボというやつだ。

「日本語、喋れるんですか？」

「はい。オレは日本人ですから。見た目はこんなですけど、ブラジル生まれ日本育ちです。父がブラジル人で母が日本人なんです」

「えっ、だってさっき英語で怒鳴ってたって。それで中学生が恐れをなして逃げていったんですよね？」僕は、確かめるように紫さんの方を見る。

「もしかして、さっきの猫のことですか？」マーフィーが言う。

「そうです。僕が飼ってる猫を助けてくれたって彼女から聞いて、お礼を言いたいなと思ってたんです」

「あー。あれは、ハッタリですよ。ビックリしたでしょ」

彼はニカッと白い歯を見せた。笑顔が素敵だ。

「さっきと雰囲気が全然違うわ」

紫さんが、信じられないというふうに彼を見上げる。

「Why?▲◇×#%don$&+×#feuofhjowjmsm;fke@feuofhj$&+×#fedon$&???」

彼が突然、ドスの利いた声で叫び出す。

さっきの様子を再現してくれているのだろうが、あまりの迫力に一歩後ずさってしまった。身振り手振りで何か怒っているのはわかるが、英語なのか、彼の母国語であるポルトガル語なのかさっぱり聞き取れない。

「実はオレ、英語は喋れないんですよ。ただ、雰囲気で怒ってる感じを出してみただけです」

あまりに丁寧な日本語を話す彼に戸惑いと感動が同時に起こって、心の中はぐちゃぐちゃだ。

「あなたの勇気に感謝します。ありがとうございます」僕は、深々と頭を下げた。

「勇気なんて大げさな。大声で意味不明なことを叫べば、たいていの人はビビッてしまうっていうことを知っていただけです」

「はあ」

僕は、なんと言えばよいかわからず間抜けな声を出した。

「オレの必殺技なんです。猫助けに使ったのは初めてですけど」

「素晴らしい」紫さんが言う。

「そんなに大したもんではないですよ」マーフィーは、豪快にはっはっはと笑った。

「よかったら、お礼をしたいのでうちのお店に来てください。ご馳走します」

そう言って、店の地図が載った名刺サイズのカードを彼に渡した。

「ありがとう」

彼は、親指を突き出し、真っ白い歯をもろに出して笑うと、スクワットを再開した。

僕たちは、バイバイと手を振ってその場を後にした。

「あ、訊き忘れちゃった」紫さんが呟いた。

「何を？」

「名前」

「ははは。もう、マーフィーでいいじゃないですか」

「そうね」

僕たちは、顔を見合わせて笑った。

ひまわり荘までの道のりを、ふたたび〝縛りしりとり〟をして歩いた。

二章　絶好のチャンスは最悪のタイミングでやってくる

期待などしていなかった。

いや、嘘である。紫(ゆかり)さんは、翌日もやってきた。白と黒のバイカラーのワンピースがよく似合っている。ふんわりとした笑顔、ふんわりとした服、ふんわりとした雰囲気。そしてふんわりとしたプルメリアの香り。

開店時間の十一時ちょうどにやってくるなり、〝幸せのふわふわ焼きカレー〟を注文した。そして、テラス席に座りたいと言い、本棚から『マーフィーの法則』を取り出すと、静かに読み始めた。時折、海の方に視線をやりながら。

「それ、気に入ってますね」

まだ店内には、僕と紫さんと兄貴の三人しかいない。

「うん。うまくいかないこともさ、マーフィーの法則なんだって思えば、そんなに腹も立たないわよね」

「まあ、そうっすね」

僕が答えると、籠の中で眠っていたはずのマーフィーがジャンプしてコンクリートの床に着地した。お見事、と手を叩きたくなるほどの華麗さだった。

こいつは、たとえ数メートルある木の上から背中を下に落とされたとしても、見事に足から着地できるんじゃないかと思った。

「ねえ、あの人来るかしら？」

「あの人って、昨日のあの人のことですか？」

「そうそう。勇気ある外国人こと、マーフィーくん」

「どうですかねー。地図を見ても、ちょっとわかりづらいしなー」

「今度見かけたら、誘ってみるわ。ランチでもどうですかって」

「是非是非、よろしくお願いします」

もし僕が声をかけられたなら、間違いなくついていくだろう。嫉妬する気持ちを抑えてぺこっと頭を下げた。

そのとき、紫さんがメモっていた文字に視線が行った。

『会いたいときに限ってその人と連絡が取れない』

『愛し合っていても別れるのに十分な理由はある』

これも、マーフィーの法則の一節だ。失恋でもしたのだろうか。

それならそれで、僕には都合がいい。

それから三日後、紫さんはあの人と共に店に現れた。時計は、二時半を指している。ランチタイムが終わる三十分前ということもあって、店は空いていた。常連客が一人、角のテーブル席に座って本を読んでいる。いつもカツレツ三種盛りを頼むから、勝手にカツオくんと名付けた。僕と兄貴だけの隠語だ。

一時間以上前に頼んだコーヒーは、すでに空になっていたが、こちらから声をかけるようなことはしなかった。好きなように時間を使ってくれたらそれでいい。

ついつい、あくびが出てしまう。この時間は、ちょっと気が抜けやすい。

そんなときの来客だ。

「連れてきちゃった」

紫さんは無邪気に笑う。

「あ、こんにちは。先日はどうも」

僕は、軽く挨拶をすると兄貴を呼んだ。

「ええと、この方がマーフィーを助けてくれた、マ……。すみません、お名前は?」

「ミヤザキケンです」

ニッと大きく口を開けて爽やかな笑みを漏らす。

彼の真っ白い歯を僕たち三人はじっと見つめて、フリーズした。おそらく、全員が同じことを思ったはずだ。そんなバカな、とね。

　え、と固まる僕たちを見かねて、彼が続ける。

「宮崎（みやざき）は九州の宮崎、ケンは健康の健（けん）で、宮崎健。ちなみに、出身はブラジルのサンパウロです。生まれてすぐ両親が離婚して、母の実家である福岡に来ました」

　先日会ったときと同じ、I am MF（アイ アム マーフィー）と書かれた青いTシャツを彼は来ていた。

「ブラジル生まれ、福岡育ちの宮崎健さん。ややこしいけど、おもしろくていいわね」

「はい。見た目と名前のギャップが最高だってよく言われます。ケンと呼んでください」

　一見強面（こわもて）だが、気さくでハキハキと喋る姿がとても好印象だ。相変わらず、いい声をしているなと思った。それに、彼には勇気がある。

「ケンくんは、お仕事は？」兄貴が訊いた。

「オレは、大学生です」

「え？　もしかして、Q大ですか？」

　最寄りの大学は、九州で一番偏差値の高いQ大だ。兄貴は、そこを諸事情により中退している。大切なものを守るための苦渋の決断だった。

「ははは、まさか。F大です」彼は、笑顔で否定する。

　F大が決して偏差値が低いというわけではない。全国の社長出身大学ランキングではQ大よりも上位というデータがある。うちの大学のやつらが合コンでよく自慢するネタだ。

「おお。僕もです。何年生ですか？」

「三年です」

よろしく、と彼が大きな手を差し出してきたので、それに従って握手を交わした。

「水城成留といいます。よろしくお願いします」

野球のグローブのような厚みと固さに驚いた。

「いい体してるね。何か、スポーツやってるの？」兄貴が訊いた。

「オレは、プロレス愛好会に所属してます」

「え？　サッカーじゃなかったの？　だって、そのTシャツ」

紫さんが、声のトーンを落として訊く。自分の見立てが外れて、ちょっとがっかりしたようだ。

「ああ、この背中の文字ですか。よく言われるんですけど、これはミッドフィルダーのMFじゃなくて、MAX深海沢（ふかみざわ）のことですよ。知りませんか？　プロレスラーのMAX深海沢」

三人とも、首を捻（ひね）った。誰も、そのプロレスラーについて知らない。有名な選手なのだろうか。

そもそも、僕たち兄弟は、格闘技には疎（うと）い。ボクシングの試合をちょっと見る程度だ。ましてや、女性の紫さんが知っているはずもない。

「ちょっと、わかんないっすね。ちなみに、その、ＭＡＸ深海沢さんは強いんですか？」

　あまり、興味はなかったがとりあえず訊いてみた。

「めちゃくちゃ強いですよ。オレの憧れの人です。彼のようになりたくて、日々トレーニングをしてます」

「さすが、仕上がってますね」僕は、彼の上腕二頭筋を見ながら感心した。

「へえー。じゃ、ケンくんもプロレスラーを目指してるんだ」

　兄貴は、顎をしゃくって僕に合図を送る。メニューを彼に見せろという指示だ。

　さっと、彼の目の前に置く。

「あ、はい。まあ、そうっすね」

「とりあえず、何か食べていってくださいよ。なんでも好きなもの、頼んでください。兄貴の料理、マジで旨いんで」

　言いながら、僕は一瞬不安になった。こんな大男に、なんでも好きなものをなんて言ったら、とんでもない量を食べられてしまうんじゃないかと。

「ありがとうございます。本当になんでもいいんですか？」

「ちなみに、メニューに載ってないものでも作ってくれますよ」

　紫さんが、僕と兄貴の顔を交互に見ながらはにかんだ。

「いや、まあ材料があればたいていのものは作れますけど」

兄貴が、ちょっと困ったように眉をひそめた。僕と同じことを考えたのかもしれない。

「うわぁ、どれも美味しそうだ」

ケンくんは、子供みたいな笑顔でメニューをのぞく。木製のメニューブックには一品ずつポラロイドカメラで撮った料理が載っている。全て、手作りだ。

兄貴が店を手伝うようになってから、メニューがリニューアルされた。母ちゃんは、何も口を出さなかった。好きなようにしなさい、と。いずれ、兄貴に店を任せるつもりなんだろうとそのとき思った。

母ちゃんの料理は、味は抜群だが見た目のクオリティはそこまでない。旨そうではあるけど、繊細さやデザイン性で言うと兄貴の方がセンスはいい。

「この目玉焼きの照り、最高だな」

ケンくんは、さらに興奮した声を上げた。

『キッチン・マホロバ』の売りはなんといっても卵料理。全ての料理に卵が使われている。ハンバーグでもステーキでもグラタンでもドリアでも、卵は外せない。絶妙な焼き加減の目玉焼きが食欲をそそる。

「新メニューができたんですよ。こちらとこちらを合体させた〝幸せのふわふわ焼きカレー〟。当店のオススメです」

僕は、一流のギャルソンにでもなったかのように勧める。

「うーん、カレーもいいねー。あ、でもやっぱりこういうオシャレなお店に来たらオムライスを頼みたくなるよねー。いや、この目玉焼きの載ったナポリタンも美味しそうだしなあ。がっつり、ステーキとハンバーグのセットもいいなあ。うーん……」

ケンくんは、一品一品メニューを口にしながら、唸（うな）っている。初めて来たお客さんはたいていこうやって悩む。

ケンくんは、五分ほど悩んでようやく決めた。

「じゃ、この大人様ランチをお願いできますか？　できれば、大盛でお願いします」

「かしこまりました。それでは、しばらくお待ちください」

兄貴が、きゅっとエプロンの紐を締めなおした。僕は、レモン水を注いで「どうぞ」と促す。

ケンくんは、注文をした後もやっぱりあれにすればよかったかな、なんて悩みながらメニューを放さない。僕も、カフェやレストランに行くと同じような行動をする。

ちょっと上品なお店に行ったりすると、早々にメニューを回収されてしまうが、あれはもったいないと思う。料理を待っている間、他にどんなメニューがあるか見るのも楽しみの一つだ。アラカルトやデザートなどの追加オーダーにも繋がるし、出てきた料理が美味しければ、次もまた食べに来ようと思うのだ。今度は、違う料理も食べてみようと。

「プリンセスオムライスって、どういう意味ですか？　……。ああ、なるほどそういうことか」

ケンくんは、質問したもののすぐに答えがわかったらしく、うんうんと頷いた。

プリンセスオムライスの正式名称は、ドレス・ド・オムライスといって、卵の中心をぐるりと捻ってドレスのように巻いて焼くオムレツのことだ。

兄貴曰くそう難しい技ではないらしいが、綺麗なドレープが生まれたオムレツは美しい。中心に、食用のバラを置き、貴婦人のように見立て華やかさを演出する。『美女と野獣』に出てくるベルをイメージして作ったらしい。

お子様ランチに載ったふんわり丸くて可愛いオムライスとはまた違った魅力がある。その他に、ハンバーグとエビフライが載った豪華なランチプレートだ。

「ええと、ナルくんは、彼女とかいる？」

「いや、それがこないだ別れちゃいまして」

僕は、答えながらチラリと紫さんの方に視線をやる。『マーフィーの法則』を棚から取り出すと、カウンター横の扉からテラスの方へ出ていった。

紫さんはいつもふらりとやってきて、ディナーの前に帰っていく。まるで、何かを待っているように海を眺めて半日を過ごす。

いつも同じものを食べ、同じ本を読み、同じ場所に座り、同じ時間に来て同じ時間に帰る。紫さんは、このルーティンを欠かさない。

「そっかー。でも、君ならすぐに見つかりそうだ。女の子に好かれそうな甘い顔だしね」

「いえいえ、そんなことないっすよ。ケンくんは、どうなんですか？　カノジョさんとかいるんですか？」

　彼みたいな、優しくて強い男性が好きだという女子はたくさんいるだろう。男の僕から見ても羨ましい体形をしている。

「実は、気になってる女性がいるんだ」

「おー。いいっすね。どんな人なんすか？」

「同じプロレス愛好会に所属してる一つ上の先輩でさ」

「ほうほう。年上っすか。いいですね」

　僕は、紫さんのような女性を思い浮かべた。

「夏美さんっていうんだけど、気さくで、優しくて、笑顔が可愛くて、本当に素敵な人なんだ」

「なるほど。プロレス愛好会のマドンナってわけですね」

「そうなんだよ。みんな、夏美さんのこと狙ってるわけ。まあ、告白してフラレたやつも何人かいてさ。正直、オレもそんなに自信はないんだけど」

「競争率高いですね。それにしても、なんでまたそんな人がプロレス愛好会に？　珍しくないですか？」

「そこなんだよ。最初は、オレもそれが不思議だったんだ。入学式の後、どのサークルに入ろうかなーってふらふら歩いてたら、スレンダーな女の人がプロレス愛好会の前で一生懸命勧誘してるわけ。『あ、そこの可愛い男子。お願い！　入って』って必死に。でもオレは、『プロレスのことは全然わからないんですみません』って断ったのに、『君、いい声してるね』っておだてられて、気付いたら、入会申込書に名前書いてたんだ」

はっはっはと豪快に笑う。

確かに、彼の声は大きくてよく通る。甘さと渋さが絶妙で、お腹の辺りにぐっと響くような重みのある声だ。女性が耳元で囁（ささや）いてほしい声っていうのは、こういう感じなのかもしれない。

そのとき、コンコンコンと卵を割る音がした。また、コンコンコン、と卵を割る音がして、兄貴の方を見る。こめかみを叩くトントントンに聞こえたのは気のせいだろうか。

目が合った。何かを訴える目だ。もっと訊け、という感じで顎を使って指示を出す。

兄貴の思いを推察すると、夏美さんがなぜプロレス愛好会の勧誘をしていたのかが引っかかったのだろう。

「もしかして、部長さんか誰かのカノジョで、勧誘するときだけ借り出されていたとか？」

僕は、適当に推理したことを口にした。

「いやいや、それがさ、夏美さんが愛好会の発起人だっていうから余計に驚いたよ」

「えー。そのスレンダーな人がプロレスするんですか？」

思わず、変な妄想をしてしまって顔がにやける。

「ははは。オレも最初はそう思ってたんだけど、違ったんだ。実は、さっき言ったＭＡＸ深海沢の大ファンらしくてさ。一緒にプロレス観戦してくれる友達がいないから、愛好会を作ったんだって聞いたよ」

「あー、なるほど。確かに、女友達にプロレス好きは少ないでしょうね」

僕は、相槌を打ちながら、兄貴の方に視線をやる。さっきみたいに、何か指令が出てるんじゃないかと気になった。

「うん。そうなんだよな。夏美さんの友達って、リア充な感じの人が多くてさ。キラキラしてるというか、チャラチャラした彼氏がいそうなイメージというか……。オレの言いたいことわかる？」

「なんとなくわかります。プロレスには興味がなさそうな女子ってことですよね」

「そうそう。でも、あくまでもイメージであって本当のところはわからない。夏美さんだって、そういう女子たちの中にいて、熱狂的なプロレスファンなんだから」

「好きなものを好きって言えるのはいいことですよ」

僕は、力強く言う。そのとき、また兄貴と目が合った。

「それで、ケンくんは、夏美さんのどこに惚れちゃったんですか？」

今、僕は、恋愛の研究中だ。人が、どういう瞬間に恋に落ちるのか、ということにものすごく関心がある。

「最初は、夏美さんの方から遊びに誘ってくれてたんだ。よく、二人でカラオケに行ったりしてさ。気付いたら、めちゃくちゃ好きになってた」

「え？　気付いたらってどういうことですか？　恋に落ちた瞬間って覚えてないんですか？」

僕は明確に思い出せる。脳を優しくくすぐるあの香りと共に恋に落ちたのだ。紫さんが二度目にここへ訪れたときに確信した。

ああ、僕はこの人が好きなんだって。

「瞬間？　え、いつだろう？　ああ、もしかしたらあのときかも」

「それ、詳しく教えてください」

「ある日、夏美さんが酔っ払いに絡まれたことがあったんだ。向こうは、二人組。オレは、まだ体も細くて腕力にも自信がなかった。勝てる算段がなかったから、咄嗟に変なやつのフリをした。こないだの猫助けと要領は一緒さ。大声で適当な英語を捲し立てる。酔っ払いは去っていったし、夏美さんは大爆笑してくれた。だけど、なんかスッキリしなかった。自分で自分がかっこ悪いなって思った瞬間、気付いたんだ。ああ、オレはこの人にかっこいいって思われたいんだって。力ずくで守ってあげたいんだって。それから、自分もMAX深海沢みたいになろうと思ってトレーニングを本気で始めたんだ」

　ムキッと、二の腕を見せて微笑む。

「いいえ。あなたの対応は間違ってないわ」

　紫さんだった。いつの間にか、カウンターの横に立っていた。

「だって、誰も傷つけずにその場をおさめる方が断然いいもの」

　確かにそうだ。ドラマや映画みたいに、目の前で殴り合いになって助けられても、きっと女性は困ってしまう。だけど、男には戦わないといけないときがあるんだよ、と心の中で反論してみる。僕は、ケンくんの気持ちがわかる。ヒーローのように颯爽と現れて鮮やかに相手を負かしたいという思いが。

「わかりますわかります。かっこいいって思われたかったんすよね。それで、ムキムキマッチョ。今の体格があるから、さらにあの必殺技が活きたってこともあるでしょうし。ケースバイケースですよね」

　僕は、あくまでも中立な立場で意見を言う。たぶん、どっちの考え方も間違ってない。紫さんだって、ケンくんを否定してるわけではない。男というのはとても単純な生き物で、女子にどう見られるかということを第一に考えて行動してしまう。

「さあ、できたぞ」その一言で空気が一変した。

兄貴が、そっと皿をカウンターに置く。

綺麗な黄色いドレスがチキンライスを包んでいる。深紅のバラがちょこんと載っていてとても可愛らしい。まさにプリンセスだ。艶々に輝くデミグラスソースも、旨そうだ。エビフライもカラッとこんがり狐色に揚がっているし、ハンバーグもふっくら焼けている。

「うわあ、綺麗。これも、美味しそうね」

紫さんが感動の声を上げた。その流れで、カウンターの端に座る。

「どうぞ、召し上がってください」

僕は、そーっと丁寧にケンくんの前に皿を置いた。ワクワクする気持ちを抑えて、ケンくんの手元を見つめた。スプーンが隠れてしまうくらい大きな手だ。

す、とんとんとんとんと、卵に切れ目を入れる。大きな一口がスプーンの上にこんもりと盛られ、卵の黄色とチキンライスの赤のコントラストの鮮やかさが食欲を刺激する。もう一度、皿の上にスプーンを投入。デミグラスソースを掬うためだ。

そして、ケンくんは豪快に口へ流し込む。喉元が一気に膨らんだ。ごくり。

「これは、旨い」

そう言うと、次から次にスプーンを口へ運ぶ。

「ああ、ハンバーグの中には、とろけるチーズが入ってる。エビフライも、サクサクで旨いなぁ。ハンバーグも肉汁たっぷりで最高。どこを食べても旨い」

鮮やかで見事な食べっぷりだ。皿がどんどん白くなっていく。

「ちゃんと、噛んでくださいね」

「いや、もうこの喉越しがたまらないんだよ。飲めるハンバーグって感じ。ああ、でも噛まないともったいない気もするね」

　ケンくんは、笑うと両頬の上の方に靨（えくぼ）ができる。

　兄貴の料理を食べた人は皆自然と笑顔になる。僕は、その瞬間に毎日立ち会えることができて本当に幸せだ。

「オムレツはスフレタイプで、オムライスは薄いタイプか」

　紫さんが観察するように呟く。

「これは、スフレは載っけないよ」

　兄貴が後頭部をポリポリかきながら言う。紫さんがまた何か提案してきそうな空気を感じ取ったのだろう。

「トロトロタイプのオムレツを焼きカレーに載せても美味しいだろうし、スフレタイプをチキンライスに載せても美味しいだろうし、デミグラスソースじゃなくてカレーソースをかけても美味しいだろうし、無限の組み合わせができそうで悩むわ」

　兄貴の言葉なんておかまいなしに、紫さんはマイペースだ。ふわふわとつかみどころがなくて、誰にでも馴染めちゃう天真爛漫さがなんだかオムレツのような人だと思った。

「あの、今度、オレの好きな人をここに連れてきてもいいですか？」

「いいよ。さっき、少し聞こえてたけど、デートかな？」兄貴が訊いた。

「いや、デートってわけではないんですけど、来週、一緒にＭＡＸ深海沢の試合を観に行くんですよ。その帰りに、食事に誘ってみようかなって」

「それは、デートでしょ」紫さんが言う。

「いや、本当は愛好会のみんなで行く予定だったんですけど、チケットが二枚しか当たらなくて。一応全員で応募したんですけど、オレだけ当たっちゃいまして。それで夏美さんと二人で観戦することに」

「やっぱり、デートだわ」紫さんは、力強く頷く。

「チャンスじゃないっすか」

僕は、後押しするように声を張り上げる。

「いや、でも、オレじゃなくても夏美さんはＯＫしたと思うんですよね。だって夏美さんは、大のＭＡＸ深海沢ファンですから。かなり、レアチケットなんですよ。ＭＡＸ深海沢の試合は本当に取れないんです。だから、夏美さんは……隣が誰かなんてどうでもいいんです」

ケンくんは、恋には消極的な青年のようだ。

「そんなこと言ってたら、いつまで経ってもうまくいかないよ。デートだと思って、君は挑むんだ。相手が意識していないなら尚更がんばらないと」

兄貴が言うと、説得力がある。

「はあ。でも、食事まで付き合ってくれるかどうか」

「どうして、あなたはそんなに弱気なの？　勇気がある人だと思ったのに」

紫さんががっかりしたように言う。

「なんか、夏美さんの態度が変わっちゃったんですよ。ときどき、嫌われてるのかなって感じるんです」

「嫌いな人とは、プロレス観戦しないでしょう」

紫さんが今度は慰めるように言う。

「入学当初は、向こうからよく誘ってきてくれてたんです。二人で会うこともけっこう多くて。いつからかわかんないんですけど、そういう機会がどんどん減っていって。今度のＭＡＸ深海沢の試合が、久しぶりなんすよ」

「彼女の態度が変わった……」

兄貴がこめかみをトントンと叩き始めた。

「夏美さんに、好きな人ができたとかじゃないっすよね？」

僕は、口走ってすぐに後悔した。余計なことを言ってしまったと反省する。

「とにかく、試合が終わったら勝っても負けても食事に誘うんだ。ここに連れてきたら、必ず俺たちがうまくもてなすから」兄貴が言う。

「わかりました。よろしくお願いします」

ケンくんは、大きな体を半分に折って、深々とお辞儀をすると店を出て行った。

「紫さんは、ガンガン積極的に誘ってくる男の方が好きっすか？」

「ガンガンはちょっと。でも、勇気はある方がいいわよね」

「じゃ、今度ご飯とか行きませんか？」

「え？　ご飯ならいつもここに食べに来てるわよ」

ふふふと笑って、兄貴の方に視線をやった。

「なんか、ケンくんのこと応援したくなっちゃったな」

兄貴がぼそっと呟いた。まるで、僕と紫さんの会話がなかったかのように、さらりと空気を元に戻していく。

それから一週間後、ケンくんは閉店間際に一人で店にやってきた。

「こんばんは」

なんだか、申し訳なさそうに肩をすくめている。

「おう、いらっしゃい」

　兄貴は、町内会の回覧板を見ながら言った。

　来月に行われる『四見ヶ浦祭り』の詳細が書かれている。今年も、例年通り模擬店を出すことになっている。

「ＭＡＸ深海沢の試合観てきました」

「で、どうだった？」

　兄貴は、彼の横に夏美さんがいないことを察して、曖昧な訊き方をしたのだろう。僕なら、フラレちゃったんですか？　とストレートに訊いていたに違いない。

「もう、大盛り上がりですよ。会場が一体になるっていうんですかね。興奮しました」

　確かに彼は興奮していた。だけど、僕たちが訊きたいことはそういうことではない。

「で、彼女は？」

「さっきまで、一緒にいました。夏美さんもすごく楽しかったみたいでまた行こうねって言ってくれました」

「それって、次のデートの誘いってことかな？」

「いや、単に試合観戦に行こうって意味だと思います」

　ケンくんは、謙虚というより、自分に自信がないタイプのようだ。勇気はあるのに、自己評価は低い。

「次の試合はいつあるの？」

「たぶん、秋ごろには」

「秋まで待つのもねぇ。でも、まあ、楽しかったのなら、また誘えば来てくれるだろう」

兄貴は優しくアドバイスする。

仕事柄、恋愛相談はよく受ける。最初は僕に意見を求めるような感じで話してきても、最終的には兄貴の助言に従うというパターンが多い。

「はい。また行きたいですね」

兄貴は、親身になって話を聞いている。赤の他人だからできるのか、それとも仕事の一環だからできるのか不明だが、親切であることには変わりない。

もし、僕が友人から恋愛相談を受けたのなら、極端な解決策しか言わないだろう。告白して付き合うか、フラレて次に進むか、この二択しかない。僕はまだフラレたわけじゃないから、これからもアプローチをかけていくつもりだ。ガンガンじゃなくて勇気のある感じで。その方法はよく分からないけれど。

「やっぱり、生で見る試合ってのは、テレビとは違うんだろねぇ。かなり、熱が入っちゃうもんなわけ？」

「そりゃもう、大興奮で大絶叫ですよ。でも、夏美さんの応援の仕方ってちょっと変わってるんですよ」

「どんなふうに？」

「試合中、一切声を出さないんです。ギャーギャー騒がないんですよ。ずっとこうやって、祈りのポーズって言うんですかね。両手を組んでじーっとリングを見つめてる感じで」

「へえ。ふつうは、ライブみたいに大声出して応援するもんじゃないのかな」

僕は、何気なく呟いた。

「まあ、人それぞれだとは思うけど、オレは、拳を突き上げてガンガン応援するタイプ」

「試合を観に行ったのは、何回目？」兄貴が訊いた。

「オレは、五回くらい観に行ってますかね。あ、でも夏美さんと一緒に行くのは三回目です。夏美さんが観に行くのは、ＭＡＸ深海沢が出る試合だけなんで。たまに、遠征もするんですよ。東京とか大阪とかにも行っちゃうくらい」

「よっぽど、好きなんですね」

僕は、感心して言う。なんだか、アイドルの追っかけをしている子たちと変わらないなと思った。

「そりゃ、もう。最初の入場シーンなんて夏美さん泣いてましたからね」

「へー。入場シーンねぇ。で、泣くくらい感動した試合の後なのに、食事には誘えなかったのか」

兄貴が残念そうに呟く。

「すみません。せっかくのおもてなしが。実は、ご飯食べてきたんです。試合の後、夏美さんすごく興奮してて、カラオケに行きたいって言い出して。久々に誘われたから嬉しくて。そこで、食べちゃいました」

「まさか、カラオケに負けるとは」

僕は、なぜか腑に落ちないという感じで呟いた。

プロレスの試合の後にカラオケって、行きたくなるものだろうか。まあ、大学生とはカラオケが好きな生き物ではあるけど。

「食事に行こうとは誘ってみたの？」兄貴が訊く。

「はい。言いました。でも、夏美さんはどうしてもカラオケに行きたいって興奮してて。なんか、すみません」

「ちなみに、なんて誘ったの？」

「『お腹すきましたね。ご飯行きませんか？』って。そしたら、カラオケに行こうって言われてしまいました」

試合会場は、博多駅の近くだというから、わざわざ愛島（いとしま）まで行くのが面倒だったのかもしれない。

「なるほどねー」

兄貴は、うーんと唸っている。何か、次の作戦でも練っているのだろうか。

「やっぱり、オレみたいなのと、二人で食事に行くのは嫌なんでしょうかね」

ケンくんは、大きな肩を小さくして言う。

「でも、嫌いな人とはカラオケには行かないでしょう。密室なわけだし」

僕は、ケンくんを励まそうと声を張り上げた。

「そうだよ。別に、ケンくんと一緒にいるのが嫌なんじゃないさ」

兄貴が援護射撃する。

「まあ、オレもカラオケは好きなんで、楽しかったです。ただ、そこで食べた料理とこの料理では全然違いました」

「そりゃ、そうだ」

兄貴が当然、という顔で答える。

「ちなみに、何を食べたんですか？　もしかしたら、夏美さんはダイエット中だったんじゃないですかね。それで、食事の誘いを断った。カラオケ屋だったら、枝豆とか冷ややっことかヘルシーなメニューがいっぱいあるでしょう」

僕は、どうだと言わんばかりに自分の推理を披露する。兄貴の、こめかみトントントンが始まる前に言ってみた。

「ごくふつうのものだよ。ピザとかフライドポテトとかお好み焼きとか。夏美さん、細いけどめちゃくちゃ食べるんだ。ダイエットを気にしてる様子とかはなかったと思うけど」

「そっか」今度は、僕が肩を落とした。

「ケンくんは、カラオケではどんなの歌うの？」

兄貴が訊いた。そんなの訊いてどうすんだよ、と僕は心の中で突っ込む。

「なんでも歌いますよ。アニソンから最近のヒット曲まで」

「へえー。ここぞってときは、何歌うの？」

兄貴は、悪乗りしてるのか、カラオケの話を掘り下げる。

「コブクロですかね」

照れ臭そうに、ケンくんが答える。確かに、コブクロのような聴かせる歌は口説きたい女性の前ではよさそうだ。それに、彼のイメージにどことなく合っている。

「ケンくん、歌は上手いの？」

「どうですかね。夏美さんは、いつも褒めてくれますよ。いい声だねって。あ、これはさっき、カラオケで夏美さんが撮ってくれた動画なんすけど」

ケンくんは、自分が歌っている動画を恥ずかしそうに見せてくれた。

「おー。上手いっすね」

僕は、感動の声を上げる。兄貴も、腕組みしたまま「いい声だなぁ」と言った。

「で、夏美さんは、どんなの歌ったの？」

おいおい。まだ、掘り下げるか。

「もちろん、『ファイティングスター』ですよ」

「『ファイティングスター』？　ふーん。知らないな」

僕と兄貴が同時に首を傾げる。

「MAX深海沢の入場曲です。ロックでかっこいい曲なんすよ」

「へー。ロックねー。今度、聴いてみるよ。他には、どんなのを彼女は歌うのかな？」

「いやもうカラオケの話はいいでしょ」

僕は、話が本筋からズレていくのが嫌で止めに入った。

「気になるんだよ。最近の若い子がどういうのを歌うか」

嘘つき。兄貴は、カラオケなんて興味がない。音楽にも疎いはずだ。

「夏美さんは、アイドルソングをよく歌いますね」

「アイドルか。それは、男性？　女性？」

「どっちもですけど、男性アイドルの方が多いかもしれないですね」

「なるほどねー」

右手には、スマホを持っていて、親指で何やら操作している。

「なんていうアイドル？」「へー。何人組？」「人気あるの？」「自担って何？」「箱推しって何？」兄貴は、いつもお客さんと世間話をする感じで頷いたり、質問したりを繰り返した。僕には、無駄に話を引き延ばしているようにしか見えなかった。

「さっきから、何を質問してるの？」

僕は、兄貴に訊く。そして、さらりと無視される。

「彼女は、ＭＡＸ深海沢のファンなんだよね。彼のどこが好きか訊いたことある？　顔なのか、キャラなのか、技なのか、性格なのか」

「それが、ＭＡＸ深海沢は覆面レスラーなんですよ。ほとんどメディアにも出てませんし、ミステリアスで強いところがいいんじゃないですかね」

「ケンくんは、どうなの？　ミステリアスなの？」

「いや、オレはミステリアスとはほど遠いっす」

「じゃ、訊いてみないと。ＭＡＸ深海沢のどこが好きか。もしかしたら、意外なところが好きかもしれないよ」

兄貴が、にやりと笑う。何を企んでいるんだ。

「じゃ、今度は、デートに誘ってみたらどうかな」

「いや、それはちょっと」

ケンくんは、弱々しく首を振った。僕にもその気持ちがよくわかる。何か口実があれば誘いやすいけど、ただデートに誘うというのはかなり勇気がいる。勢いに任せて誘っても、こないだの僕みたいになってしまう。

「ただ『ご飯に行きましょう』ではなくて、『美味しいご飯屋さん見つけたから、デートしませんか？』って誘ってみなよ。相手に、自分は好意を持ってますよっていうのをほのかに匂わせるんだ。少しは、効果があると思うよ」

「がんばります」

ケンくんは、口を一文字にきゅっと結ぶと、力強く頷いた。

それから一週間もしないうちに、ケンくんは夏美さんを連れて店へやってきた。尋常じゃないほど汗をかいている。〝デート〟という単語を用いて誘えたのだろうか。

「こちらが、夏美さんです」

ケンくんが、緊張した顔つきで僕たちに紹介する。

僕の想像していた女性像とはずいぶん違ったけれど、綺麗な人であることには変わりはなかった。派手目の美人、という感じだ。

アッシュグレーのショートヘアに、白いロゴTシャツ、デニムのホットパンツを身に着けたアーティスティックな雰囲気の女性だった。

「どうぞどうぞ、座って」

兄貴がお得意のスマイルで促す。僕は、すかさず、テラス席にいた紫さんに声をかける。

「例の彼女、来ましたよ」と。

　紫さんは、カウンターの隅でそっと見守りの態勢だ。

「素敵なお店ですね」

　夏美さんが兄貴に向かって言う。それに対し、兄貴はいつものキラースマイルで応える。

　僕は、つい穿った見方をしてしまう。多くの女性客がそうであるように、夏美さんも兄貴に惚れたなんてことがあってはならない。

「こちら、メニューです」

「ありがとうございます」夏美さんは、笑顔で受け取る。

　僕は、二人を交互に見つめた。ケンくんが、大人様ランチの写真を指して勧めている。

　夏美さんは、一般受けしそうなタイプではない。好きな人は好きかもしれないが、清楚系が好きな人からは敬遠されるのではないだろうかと思った。

　自分のカノジョにするにはちょっとハードルが高そうな感じがする。ケンくんがデートに誘うのを躊躇する気持ちがわかる。よほど自分に自信がないと無理そうだ。小悪魔的な雰囲気がある。

　それよりも、気になるのは彼氏の有無だ。そのへんのリサーチをちゃんとケンくんがやっているか心配になった。まあ、彼氏がいなければ必ずゲットできるというわけではないが、確率は上がる。マーフィーの法則だって、所詮確率の問題なんだ。

「じゃ、大人様ランチを二つ」

ケンくんが僕にメニューを渡しながら言った。

「待って待って。デザートも見たいから、もうちょっと見せて」

「あ、はい」ケンくんは、言われるがままにメニューを僕の手からすっと引き抜いて彼女に見せる。

「パフェにするか、パンケーキにするか迷うなー」

夏美さんは、頬杖をついてメニューを見つめる。

「あの、夏美さん。ＭＡＸ深海沢の好きなところってどこですか？」

唐突に、ケンくんが訊いた。もう少し、タイミングを見た方がよかったんじゃないだろうかと心配になる。

「え？　何？　ＭＡＸ深海沢の好きなところ？　うーん、強いところじゃないかな」

デザート選びに夢中なのか、夏美さんの答えははっきりしているとは言えない。ケンくんが、熱烈なファンと言っていただけに、その適当な態度が引っかかった。

「やっぱり、ミステリアスなところですかね？」

「うーん。そうだと思うけどー」

「ちなみに、好きな技ってなんすか？」

「技？　えー、なんだろう」

夏美さんの意識は完全にメニューのデザートに行っている。

僕は、思わず紫さんの方を見て、顔をしかめた。これは、うまくいきそうにないな、というサインだ。

「はい、お待ちどおさまー」

兄貴が、カウンターに大人様ランチの皿を二つ置いた。

僕は、そーっと夏美さんの方から皿を置く。そして、ケンくんの方にも。

「うわあ。美味しそう。いただきまーす」

夏美さんは、真ん中のバラを皿の隅に置くと、スプーンで真ん中を刳りぬくように掬った。変わった食べ方だなあ、と思いながら見つめる。あむっと大きな口を開けて咀嚼する。

ゆっくり、味わって頷く。

「うーん。美味しい。優しい味」

夏美さんは目を細め、とろけそうな顔で言う。

「旨いっすね」

ケンくんは、スプーンでプリンセスオムライスの裾を崩しながら口に運んでいく。夏美さんは、上手にフォークとナイフを使い、ハンバーグを口に運ぶ。とても綺麗に食べる人だなと感心した。見た目で人を判断してはいけない、と自分自身に言い聞かせる。

「二人は、F大のプロレス愛好会なんだってね。しかも、君が発足した会らしいね。彼から、こないだ話を聞いて、どんな活動をやってるか気になってたんだ」

兄貴がお得意のトークで二人の間に入る。何かを探ろうとしているのがわかった。

「愛好会っていうのは、大学から正式な部活とは認められてない非公式なものなんです。他の飲みサークルとスタンスはあまり変わらないですね。プロレス好きな人が集まるオフ会のような感じかな」

夏美さんが、お冷やを飲んだ後、ナプキンで口を拭き、笑顔で答えた。

「てことは、プロレスの練習をやってるわけではないってこと？」

「はい。誰もそんなのやってないですよ。ねえ？」

夏美さんは、ケンくんに同意を求めた。

「あ、はい」素直に頷く。

「え？」

僕は、言葉を詰まらせた。紫さんもきょとんとしている。

「じゃ、基本的な活動って何をしてるの？」

兄貴が訊く。素朴な疑問だ。

「試合を観たり、応援したりがメインです。たまに、みんなで飲み会をすることはあるけど、でも年に数回ですよ」

なんだか、聞いていた話とずいぶん違うな。いや、僕が勝手に勘違いしていただけか。

ケンくんは、プロレス愛好会に好きな人がいるという話はしたが、普段の活動については話していなかった。応援がメインだなんて変わっているな、と思った。てっきり、他の部員の人たちも、ケンくんのようにトレーニングをしているものだと思っていた。夏美さんは、マネージャー的な役割を担っているのだろうと。

「それって、なんのために存在してるの？」

紫さんが、カウンターの端から質問を投げてきた。

確かに、なんのために愛好会は作られたんだろう？　まあ、大学に目的不明のサークルは数多く存在するけど。

ケンくんが答えた。

「プロレスが好きな人たちがプロレスについて語る場所です。ただそれだけの、ゆるいサークルなんですよ。夜中に集まって、録画した試合を見ながら飲んだり」

「それは、夏美さんも一緒に？」

「いや、夏美さんは野郎ばっかりの家飲みには参加しませんよ」

確かに、野郎ばかりの家飲みに女性一人で参加するのは、いくら仲のいい友人とはいえ、ちょっと警戒したくなるだろう。

「夏美さんって、彼氏とかいるんすか？」僕が訊いてみた。

「いいえ」即答だ。

「じゃ、もっと愛好会のみんなと活動を増やしていくってのはどうだろう？　たとえば、本気でプロレスラーを目指している人たちを集めて練習するとか」

「えー、それはちょっと。場所を借りたり、大変なんで」

夏美さんは、清々しいくらい気持ちよく答えてくれるけど、僕はなんだかもやもやしたままでスッキリしない。何かが変だ。

彼女は、プロレス愛好会を発足したというわりに、活動自体にはそこまで意欲的ではない。しかし、試合後はすごく興奮していたとケンくんは言っていた。

「夏美さんは、ＭＡＸ深海沢以外の試合は観に行ったりしないの？」

兄貴が訊いた。その質問の意図が気になり兄貴を見る。トントントンとこめかみを叩いている。にやり、と笑って僕に合図を送ってきた。

どういうことだ？　兄貴は、何に気付いたんだ？

「はい。ＭＡＸ深海沢以外の試合は、ないです」

友人に、野球が大好きな女の子がいる。その子は、甲子園もプロ野球もなんなら少年野球も好きで、暇さえあれば試合観戦に行っている。キャンプや練習を見に行くほど熱心だ。プロかアマかなんて関係なく、野球そのものを愛している。彼氏にするなら、絶対、野球経験者がいいというこだわりを持っている。

一方、夏美さんが好きなのは、プロレスでもプロレスラーでもなく純粋にＭＡＸ深海沢だけなのだろう。決して、それが悪いことだとは思わない。

だけど、もしそうならケンくんのプロレスラーになりたいという夢は、たとえ叶ったとしても意味がないいんじゃないだろうか。僕は、胸がざわざわした。

「それは、他のプロレスラーに興味がないから？」

「え、ええ。まあ」

なんだか、歯切れが悪い。

「ちょっとね、調べたんだよ。MAX深海沢ってすごいんだね。全戦全勝の若きヒーロー。試合の動員数も日本でトップクラス。チケットもなかなか取れないという大スターなんだってね」

兄貴は、夏祭りのポスターをコルクボードの上の方に貼りなおしながら言った。ど真ん中には、クレヨンで描かれた似顔絵が貼ってある。

「そうなんですよ」

ケンくんは、まるで自分が褒められたかのように嬉しそうに微笑んだ。一方、夏美さんは落ち着いている。

「もし、MAX深海沢が負ける試合が今後あるとしたらどうかな？　興味ある？」

「はい」

「観たいと思う？」

「そのときは、新しい『ファイティングスター』の誕生だ」

「もちろん」

兄貴は、なぜか夏祭りのポスターをこつこつと叩きながら言った。

夏美さんは、それに反応するようにぴくんと肩を上げた。

今のはどういうことだ。なぜ、彼女は兄貴の言葉に反応したんだ？

僕は、じっと彼女の表情を観察した。わずかに微笑んでいるように見える。照れているような、でも何かを肯定するような、そんな表情だった。好きな人を言い当てられたときの乙女のような反応。

兄貴がこめかみを叩いて僕に伝えようとしてきたことはなんだったんだろう？


その三日後、ケンくんは一人で店にやってきた。

〝昼下がりのカフェでは事件が起きる〟いつか、マーフィーの法則に追加されるかもしれない。

「オレ、覚悟決めました。来月、プロになるテストがあるんです。ＭＡＸ深海沢の所属する団体が毎年実施してるやつなんですけど、去年も一昨年もダメで……。でも、今年こそは絶対に合格して、夏美さんに告白しようと思ってます」

ケンくんは、一気に言うと、ふーっと大きく息を吐いた。

「応援します。是非、がんばってください」

僕は、全力で彼の背中を押した。

「ケンくんは、本当にプロレスラーになりたいの？」

兄貴が彼の覚悟を試すような訊き方をする。

「はい。もちろんです」

「夏美さんを振り向かせるためだけにやろうとしてるなら止めた方がいいよ」

「なんてこと言うんだよ」

僕は、兄貴の言葉に腹が立った。プロレスラーが大変な職業であることは僕にだってわかる。だけど、それを他人が言うのはちょっと違うと思う。ましてや、兄貴はプロレスには詳しくない。自分が究めた道だったらまだ話はわかる。

それに、夏美さんはこないだＭＡＸ深海沢が負ける試合を観たいと言っていた。無敗のヒーローが負ける日が、近い将来見られるかもしれないのだ。ケンくんが、新しい『ファイティングスター』になれたなら、夏美さんの気持ちだって揺らぐのではないだろうか。

「これ、見てください」

ケンくんは、スマホを僕たちに見せてきた。

「え？　これ誰？」

「三年前のオレです」

まるで別人だった。今のケンくんの半分ほどの細さの少年。髪形は、サラサラヘアの王子様スタイルで、目がくりっとしていて、中性的な顔立ちをしている。

「オレ、ずっとイジメられっ子でした。自分の見た目がみんなと違うからとか色々理由つけて、不貞腐れてました。親にも文句言ったことがあります。大学に入って、プロレス愛好会に入って仲間ができて、動機は不純かもしれないけど夏美さんのおかげで将来の夢もできました。それから毎日欠かさずトレーニングして、鍛えてきました。そしたら不思議なもので、体が大きくなると、自信がついてくるんですね。この筋肉は、オレの鎧みたいなもんです。オレは、プロレスラーになります。ＭＡＸ深海沢より強い選手になります」

とても立派な決意表明だった。素直に応援してあげたいと思った。

「君が本気でなりたいなら止めないけど、夏美さんを振り向かせたいのなら方法は間違ってると思うけどね」

「なんなんだよ、さっきから。ケンくんは、夢も叶えたいし夏美さんのハートも射止めたいんだよ。それの何がいけないの？」

「だから、方法と手段は選ばないといけないって話を俺はしてるんだ」

「わかってます。プロに合格したからって、夏美さんがオレと付き合ってくれる保証はありませんからね」

「そうだね。夏美さんは、無類のプロレスラー好きってわけじゃないからね。君に魅力がなければ、なんの意味もない」

「プロレスラーになって、ＭＡＸ深海沢を倒せばいいんですよ。そしたら、絶対振り向いてくれますから」

兄貴の冷たい助言をかき消すくらい大きな声で僕は叫ぶ。

「世の中に、絶対はないいんじゃなかったかしら？」

突然、紫さんが割って入ってきた。

「二人ともなんなんだよ。ケンくんの夢を応援してやろうよ」

「ケンくん、お祭りは好きかい？」

兄貴がまた変なことを言う。

「あ、はい」

「入団テストは来月のいつ？」

「一日から三日間の合宿があって、それで決まります」

「ちょうどいい。じゃ、これに応募してみないかい？」

兄貴は、夏祭りのチラシをケンくんに差し出す。八月十日は、四見ヶ浦の夏祭りがある。

「応募って、まさか、〝サプライズ告白〟？」僕は、訊く。

毎年、祭りのステージで行われるサプライズの告白タイム。告白する人は、ほぼ百パーセントの確率でＯＫがもらえるような状況で挑む。失敗している人など見たことがない。

ほとんどの場合がやらせではないかと睨（にら）んでいる。

きっと、祭りの実行委員がそれらしきカップルを用意しているはずだ。そうでないと、大勢の人の前で恥をかくことになる。僕なら耐えられないし、そもそも参加しようなんて考えたこともない。

「え？　そこで告白しろってことですか！」

「それは、君の自由だけど。まあ、飛び入り参加でも大丈夫だろうから考えといてよ」

兄貴は、ケンくんの肩を軽く叩いた。

「ふざけるのもいい加減にしろよ。見世物じゃないんだよ」

「なんでも、タイミングが大事だからな。もしかしたら、大逆転もありえるかもしれない」

「ねえ、何考えてるの？」

僕は、兄貴を睨む。

「検索すればすぐにわかるぞ」言いながら、こめかみを叩く。

「ふざけやがって。ケンくん、兄貴の言うことなんか無視して。テスト、がんばってください。夏美さんへの告白も、一対一のときにした方がいいですよ」

それから、ケンくんはトレーニングを前以上に強化し、入団テストに挑んだ。

四見ヶ浦祭り当日。

僕たちは、模擬店の仕込みを終え、車で会場に向かうところだった。

今夜は、店を閉め、祭り会場の一角でビーフシチューを売る。未だに、祭りと聞くとワクワクする。的屋で売られているイカ焼きや、焼きとうもろこしの焦げた醤油の香り、頭上にどすんと落ちてくる花火。そして何より、浴衣を着た女の子は、三割増しで可愛く見える。

ふーっと短いため息をついて、Tシャツにデニムといったラフな格好をした紫さんを見つめる。無意識のうちに、ユカタ、ウナジ、ハナビ……と呟いていた。

そんな僕の思いをよそに、手伝いに来てくれた紫さんは、「何かが起こる予感」とマーフィーの頭を撫でながら言った。マーフィーは、みゃあと泣いて紫さんの足元に絡みつく。8の字を描くように足元をくるくる回っている。

厨房からカウンターに出てくるとき、紫さんが何かに気付いた。

「この絵って、誰が描いたの？」

コルクボードに貼ってあった絵を指さす。

「兄貴の娘」

「ミナトさん、ご結婚されてたのね」

僕は、紫さんの口調や表情に意識を集中させた。驚いてはいるようだが、がっかりしてるようなトーンではないことに安堵する。

「ああ見えてバツイチなんすよ。娘は、元嫁さんと一緒に出ていきました」

「へえ。そうなの」

紫さんは、さらっとそれを受け流した。あまり、詮索しない方がいいという大人の判断だろうか。

「そろそろ、車に積んで」兄貴が車を玄関前につけた。

僕は、寸胴鍋を厨房から運び出す。

「夏祭りって、なんかワクワクするよね」

紫さんは、紙皿などが入った段ボールを抱えながら言った。

「ねるねるねるねを買ってもらったとき」

「へ？　何？」紫さんが振り返る。その瞬間、僕の好きなあの香りがした。

「〝ワクワクするもの縛り〟ですよ」

「あ、もうズルい。勝手に始めるなんて」

初めて会ったあの日の帰り道を思い出す。あれ以来、〝縛りしりとり〟は僕と紫さんの中で定番の遊びとなった。ふいにどちらかが話の流れで始めるというのが最近のブームだ。

僕は、彼女とデートになんか行けなくてもいい。こうして、戯れあっているだけでとても幸せだから。

「〝き〟ですよ〝き〟」

「綺麗なものを見つけるタイミングが同じで、あっ！　の声が重なったとき」

「えー。また、〝き〟？　き……君が一番綺麗だよ」僕は、しりとりに便乗して自分の思いを口にしてみた。

「よ？　夜中にこっそり寝顔を見つめる」

紫さんは、僕の渾身のフレーズを見事にスルーした。女性に綺麗だなんて言ったのは初めてだ。そんなことはおかまいなしに、続きの言葉を待っている紫さんが可愛らしくて愛おしい。

——能天気な僕は、まだ、彼女のひとことひとことに隠されている秘密に気付いていなかった。

「る、る、る？」間抜けな声が生ぬるい風に溶け込んで消えていく。

そこに、ケンくんが自転車でやってきた。迷彩柄のTシャツの袖からは、鍛え抜かれた筋肉がはみ出している。

「こんにちは」と笑みをこぼした。よい報告であることを願った。

どんな結果であれ、報告をしに来ると彼は言っていた。律儀な人だ。

「すみません。今年も、ダメでした」

「なんで、謝るんですか。また来年受ければいいじゃないですか」

僕は、落胆する彼に慰めの言葉をかけた。

「ありがとう。でも、しばらくは考えたくないな」

彼は、うーんと頭を抱えて唸っている。

「諦めちゃうんですか？　ずっと、努力してきたんですよね？」

「そうなんだけど、自信なくしちゃったよ。今年こそはイケるって思ってたから」

「人には向き不向きがあるからね。それに、なかなか本人が気付かないってことが多い。天才は、自分の才能に鈍感だってこともある」

兄貴が、抑揚をつけずに言う。どんなにさらりと言われても、慰めになっていない言葉はきついだろう。

「それも、マーフィーの法則ですか？」紫さんが訊いた。

「いや、今俺が考えた」あはは、と兄貴は相変わらずふざけている。

「なんで兄貴は、ケンくんのこと応援してあげないわけ？」

「誰も応援しないなんて言ってないだろ。俺はずっと、ケンくんの味方だよ」

「だったら、なんで変なことばっか言うんだよ」

「俺が応援してるのは、二人の仲であって、プロレスラーになることじゃない」

「プロレスラーになることも応援してあげようよ」

「だからさっきも言っただろ？　人間には向き不向きがあるんだよ。彼は、プロレスラーになる夢を諦めた方がいい」

「なんでそうなるんだよ」

「まあ俺の話を聞け。もしさ、おまえの好きな子が出会ったときからどんどん見た目が変わっていったらどうする？　極端に太ったり痩せたり、清楚だった服装が急にケバケバしくなったり」

「そりゃ、好きじゃなくなるよ」

「ふつうはそうなるよな。でも、別に付き合ってるわけじゃないから、元に戻ってくれとも言えない」

「うん、言えないね」

「それに、夏美さんは好きなものを好きだと言えないタイプのようだ」

兄貴は、自信満々に言った。

「たった一人で、プロレス愛好会を立ち上げたんだよ。好きなものを好きだと言える人なんじゃない？」

「おまえは、物事の本質を見抜いていない」

兄貴がポンと軽く僕の肩を叩いた。どういうことだ？

「夏美さんとケンくんの出会い、もう一度教えて」兄貴が訊いた。

「入学式の後、どのサークルに入ろうかなーってふらふら歩いてたら、夏美さんが『あ、そこの可愛い男子。お願い！　入って』とお願いされて、オレが、『プロレスのことは全然わからないんですいません』って断ったのに『君、いい声してるね』っておだてられて、気付いたら、入会申込書に名前書いてました」

「そもそもの疑問は、なぜ彼女がプロレス愛好会なんて作ったのか。ここがポイントだったんだ」

兄貴は、こめかみをトントントンと叩いて僕にそろそろ気付けと合図を送ってくる。

「どういうこと？　全然わからない。さっきの、極端に太ったり痩せたりの話とどう関係あるわけ？」

「『起こる可能性のあることは、いつか実際に起こる』ってことだよ」

「それじゃ、わかんないよ」

「最初から、よーく思い出すんだ。ケンくんと何を話したか。何を見せられたか」

兄貴の視線の先には、ケンくんのスマホがあった。これがヒントなのか？

しばらく考えると、ケンくんが見せてくれた大学一年のときの姿が浮かんだ。サラサラヘアの王子様スタイルで、くりくりお目目の中性的な少年。

彼の極端な変貌ぶりが好みじゃなかったとしたら……。

そこで、うっすらと兄貴が僕に伝えようとしていることが見えてきた。

「もしかして、夏美さんはケンくんに一目惚れしてたってこと？」

僕の問いに、ケンくんは「そんなわけないだろう」と苦笑した。

それに対し、兄貴は自信満々に答える。

「少なくとも、二人が出会ったときは、今のマッチョな姿より彼女の好みに近かったはずだ。最初は、夏美さんの方から遊ぼうって誘ってくれてたのに、だんだん誘ってくれなくなったって言ってたね。それは、ケンくんが髪形も雰囲気も変わり、ワイルドになって自分の好きな姿ではなくなっていったからだ」

夏美さんの好みの男性は、ＭＡＸ深海沢。それならば、今の彼の方が近い。

いや、待てよ。兄貴のさっきの話と、それまでに話した内容を照合してみる。ＭＡＸ深海沢の話をしていたときの夏美さんを思い出してみた。なんだか興味なさそうで、メニューのデザートばかりを気にしていた。どこが好きかという問いにも曖昧な答えを返していた。

「もしかして、夏美さんは、ＭＡＸ深海沢のファンではないんじゃない？」

まだ、答えは見えてないが、なんとなくそんな気がした。

兄貴が、両方の人差し指をぴゅいっと僕に向けてくる。

「え？　どういうこと？　だって、夏美さんはＭＡＸ深海沢の試合だけは欠かさず録画して観るくらい大ファンなんだよ。実際の試合観戦のときなんて、入場シーンから泣いちゃうくらい」

ケンくんが、早口で捲し立てた。

兄貴は、はっと何かが閃いたように、ケンくんに歩み寄っていく。

「そのＴシャツ、素敵だね」

突然、兄貴がケンくんの洋服を褒めた。彼の胸筋をつんつんといじりながら僕の方を見てくる。どういう意図があるのだろう。

迷彩柄のＴシャツ。迷彩。アーミー。カモフラージュ。

そこで、また一つ新しい可能性が生まれた。

「まさか……。彼女が嘘……」

僕は、言いながら自分のスマホをいじっていた。兄貴が検索すればわかると言っていたのを思い出した。

ターゲットは、ＭＡＸ深海沢の試合会場にいる別の誰かだ。試合には出ないが、毎回そこで応援している人物。ＭＡＸ深海沢のスタッフ？　家族？　友人？　誰だ？

「あ！」と思わず、声が出た。

本当に検索したらすぐに答えが見つかったのだ。こんな簡単に。驚くほどあっさりと。

まさか、カモフラージュがヒントになるなんて。偶然を見つけて僕に答えを導き出させようとする兄貴の手腕に脱帽した。画面の中にいる人物の顔は、どことなく大学一年のころのケンくんに似ている。サラサラヘアの美少年。

「『ファイティングスター』だったんだ。彼女の目的は」

「え？」

ケンくんが素っ頓狂な声を出す。僕と兄貴の顔を交互に見て、目を丸くしている。

僕は、ケンくんを慰めるように言った。

「無理もない。彼女がそのことを隠していたのなら、誰も気付かない」

夏美さんの本当の姿は――ＭＡＸ深海沢が大好きな女子大生ではなく、元アイドルのロック歌手を追いかけている女子大生だったのだ。

まさに、カモフラージュ。

「『ファイティングスター』を歌っているのは、ロック歌手の神寺蒼太。彼は、数年前に不祥事を起こし、所属事務所をクビになり、マスコミからも世間からも激しいバッシングにあい、一時期芸能界を干されていました。彼の不祥事が原因で、そのアイドルグループは解散にまで追いこまれた。彼のせいで、と嘆くファンの姿をニュースで見たことがあります。今から、五年ほど前のことです。

そんな彼と以前から親交のあったＭＡＸ深海沢が、入場曲をオファーした。神寺蒼太のシンガーソングライターとしての素質は、アイドル時代から高い評価を受けていて、ソロ転向も視野にプロジェクトが進んでいたという話もあります。

　現在は、少しずつ音楽活動を再開しているものの、メディアに出ることはほとんどなくなった。地方のイベント会場で、司会業などをやっているそうです。ファンも一気に減ってしまい、情報源も少なくなった。こうなると、地上波で見ることはもう皆無です。だけど、プロレスの試合では彼が見られる。出演者ではなく観客の一人としてなら、元の事務所との兼ね合いも関係がない。テレビ放送では、入場シーンをカットして放送されることもあるけど、試合会場では必ず流れます。特別な試合のときには、歌手が会場で生歌を披露することも稀にあるそうです。

　そこで、夏美さんは試合会場へ行くのが一番だと考えた。しかし、一人で行くのは心細い。神寺のファンだということもなかなか周囲には言えなかった。ついてきてくれる友人もいない。考えに考えた夏美さんは、プロレス愛好会を作り、プロレス好きの若者を集めたというわけです」

　僕の説明を聞いていたケンくんが、「なんのためにオレはトレーニングを……」と頭を抱えた。兄貴の顔を見ると、唇をきゅっと結んでうなずいていた。及第点は、もらえただろうか。

「ねえ、夏美さんがケンくんを気に入ってたのはさ、見た目の可愛さもあったかもしれないけど、声だったたんじゃない？　夏美さんは、サークル勧誘時にケンくんに『君、いい声してるね』と言った。カラオケに誘ったのも、彼の歌が上手かったからではないのかな」

「そうかもな」

兄貴は、四見ヶ浦の祭りのチラシをひらひらとさせて言った。

「まさか、こっちに参加させるつもり？」

ステージのプログラムを見て苦笑する。

「俺は、最初からこっちのつもりで言ってたんだけど」

兄貴は、〝サプライズ告白〟の一つ上に書かれている〝カラオケ大会〟を指して言った。

『優勝者には豪華景品』という文字よりも、『司会進行／神寺蒼太』という文字が目に入ってきた。兄貴は、いつからこのことに気付いていたんだろう。

「とりあえず、歌ってみたらどう？『ファイティングスター』歌えるんでしょう？」

紫さんが優しく訊く。

「ええ。まあ」

「そうだ。カラオケで優勝して、告白すればいいんじゃない？」

僕は声を張り上げた。

「そんな無茶な。今、とても人前で歌える気分じゃないですよ」

ケンくんは項垂れるようにして言う。

「おそらく、いや、絶対、夏美さんは祭り会場に来ている。神寺蒼太を見るために」

兄貴は、自信満々に言う。
「『絶好のチャンスは最悪のタイミングでやってくる』って、これに書いてあるわ」
ほら、と紫さんが『マーフィーの法則』をみんなに見せる。
この本は、別に予言の書ではない。
だけど、今の彼を勇気づける言葉はこれ以外にはないような気がした。
さあ、出発だ。
みんなで彼の歌を聴こうじゃないか。

三章　本当に欲しいものは手に入らない

「え？　嘘だろう？」

会場の誰もが思ったに違いない。

この手のサプライズにおいて、失敗はなかなかお目にかかれない。見ている側も、予め結果を予測できていて、恥ずかしいくらいの祝福ムードで幕を閉じるのが一般的だ。

それなのに、「ごめんなさい」を聞くことになるなんて。

テレビのバラエティー番組だったら、こんなことにはならなかったはずだ。

自分だったら、一世一代の大勝負にこんな舞台を絶対に選ばない。

やむを得ない理由があったにせよ、絶対的な自信があったにせよ、プロポーズは二人きりのときにするべきだとこのとき悟った。

そして、人は、本当に驚いたとき、何も反応できないんだと知った。もしかしたら、呼吸さえ忘れてしまったのではないかと思うほど、口をぽかっと開けたまま固まっていた。

彼の名は、黒岩玄喜。玄ちゃんの愛称で町の人に愛されている三十二歳。五年間交際した彼女へのサプライズプロポーズをするためにこのステージに立っている。なぜ彼が参加することになったかは、すぐにわかった。

彼は、この祭りの実行委員の一人で、町の青年団に所属している。おそらく、最初から決まっていたのだろう。いわゆる、仕込みってやつ。

いかにも、突然立候補したかのような演出だったけど、彼の自信満々な姿を見ていると、彼女まで仕込みなんじゃないだろうかと疑ってしまった。

司会の神寺が、流暢な喋りで会場を煽り、黒岩玄喜は「ああ、緊張するー」とへらへらと笑っていた。もう、勝利を確信しているような余裕の笑み。

そして、恥ずかしそうにステージへ上がってくる彼女を会場のみんなが見守っていた。少なからず僕は、二人がうまくいくことを望んでいた。たとえ仕込みでもやらせでもサクラでもいいから、彼女の笑顔が見たかった。

彼女は、僕もよく知っている女性だった。〝つまんでみ卵〟を扱っている会社の娘で、『キッチン・マホロバ』へ毎日卵を届けてくれる、網野蘭子さん。兄貴の高校の同級生だ。

黒岩さんは、ステージの真ん中でひざまずき、蘭子さんに小さな箱を差し出した。

蘭子さんは、「え？　嘘？」と両手で口を覆うような仕草をし、黒岩さんの言葉を待っていた。そして、青年団の仲間たちが「玄ちゃん、がんばれー」と叫んだ。

その声で緊張がほぐれたのか、二人は一瞬客席を見て照れ臭そうに笑い合った。よほど、野次馬がうるさかったのか、蘭子さんは客席をちらちらと気にしながら、ほんの少し挙動不審に口をぱこぱこと鯉のように開けていた。

「必ず幸せにします。俺についてきてください」

シンプルで、とてもいいプロポーズの言葉だった。

あのときの黒岩さんは、男の僕でさえかっこいいと思ったほどだ。彼に、落ち度があったとは思えない。

蘭子さんは、なんだか落ち着きがない子供のように手や足を小刻みに動かしていた。まるで、トイレを我慢しているときのような。「どうしようどうしよう」と小声で呟いているようにも見えた。

その瞬間、彼女には何も知らされていなかったんだと確信した。事前に知らされていたなら、あんなに動揺はしない。

神寺が、「さあ、返事をどうぞ」と促し、マイクを向けた。ヒューヒューと騒ぎ立て、観客が会場を盛り上げていた。誰もが、拍手の準備をしていたことだろう。僕の隣にいた紫さんが、小さく「がんばれ」と呟いたあと、会場が一瞬凍り付いた。

「ごめんなさい」

あのとき、時が止まったのかと思ったほどだ。

まさか、ステージを下りて行ってしまうなんて……。

蘭子さんは、黒岩さんを置き去りにするとステージ脇の階段を駆け下り、人混みに突っ込むように逃げ込んだ。

「すみませんすみません。通してください」

僕のいた場所から蘭子さんの姿は見えなかったが、声だけははっきりと聞こえていた。あんなに大声で叫びながら、しかも目立つようにステージを下りていくなんて常人のできることではない。観客も、何が起きたかわからないといった感じで呆気にとられていた。

一番ダメージを食らったのは、もちろん黒岩さんだ。ひざまずいたまま、彼は立ち上がることもできず、両手をつき項垂(うなだ)れると、実行委員の仲間の一人に付き添われステージ上から姿を消した。神寺は、咄嗟に「勇気ある彼に拍手を～」なんて言っていたが、パラパラと寂しく乾いた音が虚しく響くだけだった。

「さあ、気を取り直して次はカラオケ大会です――」神寺は、必死に声を張り上げる。金髪サラサラヘアをかき上げながら。

しかし、観客の興味はさっきの二人に引きずられたままだ。「さすがにアレはないよなー」「俺なら耐えられない」「一生トラウマ」などと、好き勝手に二人の悪口を言い出す人まで出てきて、とてもやるせない気持ちになった。カラオケ大会が始まったものの、淡々と進んでいくだけで特に盛り上がるわけでもない。パラパラと人が散っていく。

兄貴は、ステージを全く見ることなく、いつも通りのスマイルでお客さんの対応をしている。その横で、紫さんが手際よくサポートをする。ナイスコンビ、と誰が見ても思えるほど美しいツーショットだ。悔しくて思わず舌打ちが出る。紫さんの笑顔がお客さんにだけならいい。時折、兄貴とほほ笑み合うのがムカついた。疎外感を覚えた僕は、ちょっと不貞腐れながらステージを見つめていた。

「やばいよ、兄貴。蘭子さんどっか行っちゃったよ」

と、声を上げたときも動じることはなかった。

毎年、的屋が並ぶ一帯は会場の外、町の飲食店や婦人会などが出している模擬店はステージの正面に構える。テントの前に椅子が何台か設置してあり、お年寄りや子供たちが利用するのにちょうどいい。僕たちのいる場所からステージは、せいぜい五十メートルといったところ。視力二・〇の僕には余裕で見えるし、音もバッチリ届く。

『キッチン・マホロバ』の〝黄金のビーフシチュー〟は五十食限定で売られる。柔らかく煮込まれた牛すじ肉のビーフシチューがたったの五百円で食べられるのは魅力的だと思う。

ほとんど、店の常連客だったり青年団や婦人会といった毎年おなじみのメンバーが買っていくので、単なるまかない状態になってしまう。そのため、店の宣伝には全くならない。「このビーフシチュー旨い」と感動した一見（いちげん）のお客さんが、「どこにお店あるんですか？」と訊いてくる確率は、ゼロに等しい。模擬店は、はっきり言って利益のためではない。ボランティアみたいなもの、と母ちゃんは言っていた。兄貴はただそれを引き継いだだけだ。

「あーあ、蘭子さん大丈夫かな」

兄貴の方をちらりと見ながら言う。それに対しての反応はない。

僕は、彼女の今後が心配になった。田舎で起きた事件は、あっという間に口伝いで広まってしまう。

「成留、ケンくんが出てきたら教えてくれ」

「いや、それより蘭子さんが……」

僕が口にしたその瞬間、目の前を黒岩さんが通った。あっ、と口をつぐむ。青年団の人が次々に声をかける。「ドンマイ」と明るく肩を叩く人もいれば、「大丈夫か？」と心配する人もいる。

周りは彼に気付いて振り返り、「ああ、さっきの人」とヒソヒソ声が聞こえる。同情の視線が突き刺さるのが痛々しくて見ていられなかった。

「あ、ケンくんだ」

紫さんの声で、僕と兄貴はステージを見上げた。

ケンくんは緊張しているのか、ちょっと俯き気味にスタンドマイクの前に立っていた。きっと、僕たちくらいだったはずだ。奇跡の予感みたいなものを感じていたのは。

イントロが流れる。かっこいいギターのリフ。体全体でリズムを刻む。マイクを力強く握ると、人が変わったようにオーラを放ったケンくんが立っていた。

「がんばれ」と心の中で祈る。

気付いたときにはもう、彼の世界観に引き込まれていた。

会場のなんとも言えない空気を一変させたのは、ケンくんだった。神寺蒼太がMAX深海沢のために作った『ファイティングスター』は、何度負けても立ち上がる熱い男の姿が歌詞に表現されていた。サビの部分は、みんなで拳を突き上げて繰り返し「♪立ち上が〜れ」と大合唱するまでに発展した。ステージ横で見守っていた神寺も一緒になって拳を突き上げる。これは、応援歌だ。僕の勝手な解釈だけど、会場のみんなで黒岩さんにエールを送っているような感じがした。

MAX深海沢から入場曲を頼まれた神寺は、どんな思いでこの曲を作ったのだろうと思いを馳せる。全戦全勝のヒーローに捧げるのなら、もっとかっこよくてスマートな歌詞の方がしっくりくるはずだ。ネットで見たインタビュー記事を思い出す。

『最高にかっこいい曲を作ってくれ』

MAX深海沢は、神寺にそう伝えた。親友の再起を誰よりも願ってそう言ったのではないだろうか。

きっとこの曲は、神寺が自分自身を励ますために書いたもの。そして、多くの敗者がもう一度立ち上がれるようにと願いを込めて作られた。男同士の友情なんてちょっと少年漫画っぽいけど、そんな背景が浮かんだ。

　青年団の人たちが黒岩さんを真ん中にして肩を組み、左右に体を揺らし、ステージを見つめる。まるで、ライブ会場のような一体感に包まれていく。

　曲が終わり、大きな拍手の中、最前列で「かっこいいよー」と叫んでいる人がいた。夏美さんだった。

　僕たち三人は、ステージに向かって「ケンくん最高」と叫び、手を振った。

　誰かにとっては人生で最高の日であり、誰かにとっては人生で最悪の日であった。

　模擬店の片づけをやっていると、一人の女性がテントの前をうろついていた。僕たちの様子をうかがうような感じで行ったり来たりしている。
　紺地に大きなハイビスカスがあしらわれたカラフルな浴衣がよく似合っていた。緩めの編み込みを片方に垂らした髪形がやや大人っぽいけれど、化粧の感じからすると十代か二十代。若い女性であることはすぐにわかった。
　ステージ上は、ダンスパフォーマンスが披露されているところで、客席は若者の熱気で埋め尽くされていた。まだまだ、祭りの夜は長い。

毎年、うちの店は一番乗りで店仕舞いをする。花火が上がる前に売り切ることを目標としている。

「すみません。ビーフシチュー、完売しちゃったんですよ」

僕が言うと、女性は「いえいえ」と首を横に振った。お客さんではないらしい。

「あの、ちょっといいですか」

女性が歩み寄ってきた。視線は、僕ではなく紫さんに向かっていた。しかし、紫さんはゴミ袋と格闘していて全く気付いていない。

「紫さん」僕は、軽く肩を叩いた。

「ん?」と首を傾げ、振り向いた。「あちらの方が……」と、右手を向ける。

紫さんと女性は、曖昧に笑顔で会釈を交わす。知り合いならば、もっと違う反応のはずだが。どういう状況かわからず、「お知り合いですか?」と訊いてみた。

「えっと、どこかで会ったようなないような」

紫さんが、うーんと唸る。

「あの、さっきカラオケ大会で歌ってた人のことで……」

「はあ」

紫さんは、まだピンときていないのか、ぼんやりと頷いた。

「三週間ほど前、欅の大門公園で猫にイタズラをしている中学生を覚えてませんか?」

マーフィーのバター事件のことか。なぜ、そのことを知っているのだろう。

「あ、もしかして、あなたもあのとき公園に？」

紫さんが女性に向かって問いかける。

「ええ。いました。さっき、歌ってた人もいましたよね？」

「そう。彼が助けてくれたの。私は、勇気がなくて注意できなかったんだけど」

紫さんは、申し訳なさそうに言う。決して、彼女は悪くないのに。

「お二人は、あの猫ちゃんの飼い主さんなんです」と、突然紹介される感じになり、僕と兄貴はとりあえず会釈をする。

「すみませんでした」女性は、頭を下げた。煌々と照らされたライトの下で、オレンジ色のチークがはっきりと映し出される。目元のラメや、リップのグロスもきらきらと輝いているのに、女性の表情は冴えない。

「え？」と、僕たち三人は一斉に声を上げた。どういうことだろう。

「うちの弟もあそこにいたんです」

「ちょっと、詳しく話を聞かせてくれないかな」

兄貴が出てきた。

女性は、如月(きさらぎ)ナオと名乗った。高校二年生らしい。

「実は最近、うちの弟の様子がおかしくて、ずっと見張ってたんです。あの日は、弟を尾行してて……。物陰に隠れて一部始終をずっと見てました。家の近くにも公園はあるのに、なんでわざわざ欅の大門公園なんだろうって。そしたら……」

　如月さんは、最初こそ声を詰まらせながら喋っていたので聞き取りづらかったが、慣れてきたのか徐々にスムーズに喋るようになった。

「君の弟くんがうちの猫を木の上から落とそうとした一人ってこと？」僕が訊いた。

「いえ、そうじゃないと思います」

「じゃ、どうして謝ったのかな？」今度は、兄貴が訊いた。

「それは、その……。わたしがどんなに訊いても話してくれないんです。でも、うちの弟は絶対にそういうことをしないタイプだと思ってます。小さいころから両親に弱い者いじめだけはしないようにと育てられてきました。本当です。とても、優しい子なんです」

　うちの子に限って、という親の心理みたいなものだろう。だけど、中学生という多感な時期は親の想像を超えてしまうことはよくある。誰だって、親には言えない悪いことの一つや二つ経験がある。それは、どんなに仲のいい姉弟であってもだ。

「誰だって、自分の家族は信じたいものだよ」

　兄貴が言う。決して、咎めるような言い方ではない。

「うちの弟は、あの子たちを止めようとしてたんです。あのとき、止めろって確かに聞こえたんです。止めろって言ってましたよね？」

紫さんに、縋り付くように訊いてきた。

〝ヒーローは、あの男ではなくうちの弟だ！〟と証明したいのか、それとも〝うちの弟はあの場にはいたけれど、一旦は止めようとしたから悪くないんだ〟と認めてほしいのか。

紫さんは、ちょっと思い出せないといった感じでうーんと唸る。

「弟くんが、あの公園で何をしていたかは訊いてみたのかな？」

「いえ。それも話してくれません」

「まあ、悪いことしてたら、家族には言えないよな」

僕は、ちょっと上から目線で言う。

「おまえ、なんか隠してるのか？」

「いや、中学生のときってそうだよなぁっていう一般的な意見だよ」

鼻をぽりぽりとかいて目を逸らす。

「弟は、本当にそういう悪いことをするタイプではないんです。うちでも、昔、猫を飼ってましたし、動物は大事にする子なんです。だから木の上から落とすとかそういう行為は絶対に考えられなくて。あのときだって、弟は公園に一人で乗り込んでいったんです。あの子たちを止めようとして」

「つまり、彼らとは仲間ではなかったということ？」

「はい。家でスマホをいじってて、いきなり飛び出していきました」

兄貴は、こめかみをトントントンと叩いて考えている。

僕は、全く、話が見えてこない。そればかりか、如月さんが嘘をついているのではないかという思いまで芽生える。

だけど、如月さんに嘘をつくメリットはない。もし弟があの場にいて、マーフィーに何か危害を加えようとしていたのを偶然見てしまったとしても、ふつうは名乗り出ない。

マーフィーはケンくんに助けられて木の上から落とされずにすんだのだから、わざわざ謝りに来る必要もない。よほどの善人ならば別だけど、女子高生が弟の代わりに謝罪になんて来ないだろう。

僕は、心の中で呟いていたつもりが、どうやらぼそぼそとそのまま口にしていたらしく、如月さんが何かを訴えるような目でこちらを見つめていた。

「実はさっき、あの人に声をかけたんです。カラオケ大会で歌ってた人に。今お話しした内容と同じようなことを。そしたら、オレにはちょっとわからないから、あっちのテントでビーフシチューを売ってる人たちに訊いてみるといいよって言われました」

「ケンくんが？」

「はい。一部始終を見てた女性と、兄弟探偵がいるからって」

如月さんが、僕たちをじっと見つめる。

なるほどね。ケンくんに言われてここに来たというわけか。

「兄弟探偵か」と感心する僕と紫さんの横で、兄貴はこめかみをトントントンと叩いていた。

「俺たちは、ただの洋食屋だけどね」

「うちは、カフェだって」僕は、被せ気味に兄貴の言葉を訂正する。

「まあ、そんなことはいいか。如月さんとしては、弟くんがなぜ最近様子がおかしいのかを知りたいってことだよね？　そのことと、公園での出来事が何か関係があるかもしれないから、訊きに来たってことでよろしいかな？」

兄貴は突然、探偵のような口調になる。

そのとき、「あ！」と、紫さんが大声を出した。

「思い出した。止めろって言ってる子がいた。ニット帽の子だ。あのとき、様子が変だったって言ったでしょ？　なんか、揉めてるみたいだったって。仲間割れしてるような、ケンカをしてるようなって」

紫さんは、僕の目をじっと見つめて確かめてくる。あまりにもその瞳がまっすぐで、僕の胸はトクンと跳ねた。視線を彷徨わせると如月さんと目が合った。彼女は、ほらねと言わんばかりに頬を上気させ期待するような表情を見せた。

「ええと……」僕は、頭を捻る。

記憶を辿（たど）ってみた。紫さんが、うちの店の前で説明していた話を思い出す。

『なんか様子が変だったの、その子たち――。仲間割れしてるというか、ケンカしてるというか、揉めてる感じで。止めろって言ってる子もいたのはいたんだけど』

確かに言っていた。

あのとき僕は、『ビビるくらいなら、最初からするなよ』と怒りを口にした。彼らが全員同じグループだと思っていたからだ。

だけど、四対一、もしくは五対一だったら話は変わってくる。仲間割れではなく、悪者VS勇者の構図だったら、如月さんの主張は正しい。

「弟くんの様子が最近おかしいっていうのは、どういうことか具体的に教えて」

「自転車で町を徘徊したり、突然、頭をスキンヘッドにしたり、眉毛を全部剃ったり、学校を無断で休んだり、帰りが遅かったり。土日は、部活がない日も朝からずっといません。急に口数が減って、わたしたちを避けるような感じです」

「それって、ただの非行の始まりじゃ……」

鼻で笑ってしまい、あっと手で口を押さえた。そんなことくらいで様子がおかしいなんて騒がれたら困る。中学生のときなんて、おかしな行動の連続だ。今思い返すと、なんであんなことしていたんだろうと自分でもよくわからない。そういう時期なのだ。

「今どき、スキンヘッドって珍しいわよね。昔は、悪いことをしたら先生がバリカン持って罰としてやっていたとか聞いたことあるけど」

紫さんが言う。

「俺たちより、もっと前の世代だな」

「はい。それはわたしも聞いたことがあります。両親の学生時代は、中学生の男の子は全員丸刈りにするのが校則で決まっていたそうです。何か悪いことをしたら、ペナルティとして頭をツルツルに剃るのは日常茶飯事だったと。試合に負けた野球部の子たちが全員で頭を剃るっていうこともふつうにあったみたいです。ちなみに弟は、サッカー部ですけど」

「弟くんは、どんな音楽聴いてる？　たとえば、ヒップホップ系で、そういうカリスマがいるとか。弟くんにとっての神的な存在。今、ちょうど夏休み期間だし、憧れのスターの髪形を真似しちゃったとか」

アメリカ人ラッパーが、スキンヘッドにサングラスをかけている姿が浮かんだ。

「いえ、音楽はKポップばかりを聴いてます。それに、スキンヘッドになったのは夏休みの前からです」

「うーん。そっかー。違うか。そうだよな。眉毛全剃りしてるスターなんて、聞いたことないもんな」

僕は、腕組みをして唸る。

「弟くんと、あの少年たちって、どういう関係なの？」紫さんが訊いた。

「以前は、仲がよかったと思います。幼稚園から同じだし。でも、最近は全然」

「言いにくいんだけど、いじめなんじゃないかな？」僕は、思い切って言ってみた。

無理やり、髪や眉を剃られてしまったと考えるのが自然な気がする。

「その可能性も考えました。学校にも相談しました。そしたら、最近休みが多いから心配していたと先生は言ってました。わたし、あの子が学校を休んでるなんて全然知りませんでした。でも、先生は毎回お母さんから連絡を受けていたって……。もちろん、母はそんなのした覚えはないって。もう、何がなんだか……」

如月さんは、泣きそうな顔で言う。どうやら、彼女なりに考えられる可能性は一通り調べた上でここへ来たようだ。かなり真剣に悩んでいるのが伝わってきた。

もしかしたら、これはかなり深刻な話かもしれないと不安になった。陰湿ないじめが学校内で起きていたとしたら、僕たちにはどうしようもない。

「如月さんが、弟くんを尾行するのはあのときが初めて？」

兄貴が訊いた。僕の推理が及ばずしびれを切らしたのだろう。

「いえ、二回目です」

「一回目は、弟くんはどこへ？」

「吉塚（よしづか）駅で降りたところまでは確認しましたが、そこから先は見失ってしまいました」

「そのとき、弟くんは何か手に持ってなかったかな？　ブーケかケーキ。もしくは、博多駅で何か買ってなかった？」

　公共交通機関を使って、愛島から吉塚まで行くとなると、一度博多駅を経由しなければいけない。兄貴は、さっきからずっとこめかみをトントントンと叩きながら僕をチラ見してくる。でも、僕の推理は弟くんがいじめにあっているという一択で止まったままだ。

「博多駅の雑貨屋さんで、ニット帽を買ってました」

「なるほど、そっちか」

「え？　どっち？」僕は、間抜けな声を出す。帽子は、自分のスキンヘッドを隠すために買ったんじゃないのか。

「それから、マニキュアも買ってました」

「まさか、女装？」僕は首を傾げながら呟く。

「もしかして、帰ってきた弟くんを問い詰めたりした？　どこに行ってたのとか、何してたのって」

「はい。家族会議を開きました。みんな心配で。でも、答えてくれませんでした。それから、ますます口数が減って」

「なるほど」

　兄貴は、僕に視線を送ると、さらに高速でこめかみをトントントンと叩き始めた。もう、わかったのか？　どこに、ヒントがあったというのだ。

「弟くん、好きな子の話とかする？」

「まさか。そんなこと、話してくれないですよ」

「でも、好きな子がいるかいないかくらい知ってるんじゃない？　例えば、弟くんがいないときに、部屋を掃除してたら何か見つけてしまったとか」

「お母さんがプリクラを……」言いにくそうに答える。

ぞっとする。自分の知らない間に、親が勝手に部屋に入ってあれやこれやと漁っているなんて。

「だいたいは、わかったよ。もし、弟くんがなぜ最近様子がおかしいのか知りたければ、明日うちの店に連れてきてくれないかな。できれば、あのときの少年たちも一緒に。彼らが重要な参考人になるから」

兄貴は、深刻な表情で伝えた。

「わかりました」

「そのとき、こう言うんだ。『美味しいものを食べさせてあげるから』ってね」

そして兄貴は、店の名前だけを告げた。如月さんは、深々とお辞儀をすると踵を返した。

「どういうことだよ」僕は、口を尖らせる。

「説教してやるために呼ぶんだよ」

兄貴は、鍋やら鉄板やらを台車に載せ、駐車場まで運ぶと車の後ろに積んでいく。

「嘘ついたってのか？」

「何も嘘はついてないよ。見てみたいだろ？　マーフィーにイタズラしたやつらを」

「もったいぶらずに教えてくれよ」

僕は助手席に、紫さんは後部座席に乗る。兄貴は、颯爽と運転席に乗り込むとエンジンをつけて走り出した。

「さっきの続きだけど、あの話のどこにヒントがあったんだよ？」

「まず、どうやって学校を休んだか考えればわかるだろう。無断で学校を休むことはできない。すぐに、家に連絡が来てしまう」

「そんなの自分でしてたんだろう」

「学校の先生は、お母さんから連絡を受けたと言ってたらしいけど、弟くんに女性の声が出せるかな」

「それは、変声器的なやつを使えばできるだろう。そういうアプリがあるかもしれないし。弟くんは、いじめにあっていたって考えるのが妥当なんじゃないの？」

「それはないと思う」

「なんでだよ」

「少なくとも、彼は自分の意志で頭と眉を剃った」

「そんなやついるのかよ。僕は、お金積まれても嫌だけどな」

「吉塚駅でピンとこなかったのか?」

「えっと、母ちゃんの病院があるとこってくらいしか知らねぇよ……あ!」

と、そこで気付いた。兄貴は、博多駅で何か買ってなかったかと訊いていた。ブーケやケーキは病院の見舞いか。

「弟くんは、誰かの見舞いでQ大病院に行ったんだ。あれ? でも、博多駅で自分の帽子を買ったっていうのは……。それに、マニキュアってなんのために」

「わかった」紫さんが、声を上げた。

「え?」先を越されたかもしれないと焦って大きな声を出した。

「健気だなぁ、少年」

紫さんが手で口を押さえ、目を潤ませながら言った。

「もしかして、スキンヘッドの理由わかっちゃったんですか?」

「うん。私、そういう話に弱いのよ」

「紫ちゃんの方が、成留より優秀かもな」

兄貴が笑いながら言う。

「家族に話せないことが何も悪いことばかりじゃないってことよ」

紫さんは優しく微笑む。できの悪い弟を見る姉のような感じだ。

「え？　ん？　いや……」僕は言い淀む。

中学生の男子が家族に言いたくないことといえば性への興味についてだろう。だけど、紫さんが目を潤ませて感動してるくらいだから、いやらしいことではないということか。むしろ、その逆。確か、兄貴は好きな子がいるかどうかを確かめようとしていた。部屋の掃除をしていた母親がプリクラを見つけたと言っていた。プリクラくらいなら問題ないが……。

そうか、如月少年にカノジョがいれば、お母さんのふりをしてもらって学校に休みの連絡を入れることは可能だ。

絡まっていた糸が徐々にほどかれる。

家に帰るのが遅かったのは、吉塚にあるQ大病院へお見舞いに通っていたから。学校を休んだのもカノジョに会いに行くため。

Q大病院は、長期治療の必要な患者や重篤な患者を扱う大きな病院だ。

つまり、如月少年には、何かしらの病気で入院しているカノジョがいる。おそらく、がん。そのカノジョは、抗がん剤の副作用で髪が抜けてしまった。博多駅で買っていたという帽子はおそらくプレゼント。大好きなカノジョを思い、勇気づける目的で自分も髪と眉を剃ったというわけだ。

それは、さすがに家族には話せない。カノジョが自分の病気のことを人に知られたくないという考えであれば尚更だ。

僕は、頭の中を整理するようにぶつぶつ呟きながら、解答を導いていった。まだまだ、と反省する。やはり、兄貴の推理力には敵わない。

「じゃ、マニキュアはなんのために？」

「抗がん剤の副作用で爪が黒くなる人もいる。そのことを、年頃の女の子なら気にするだろう」

「なるほど。そういうことか」

しかし、マーフィーへイタズラしていた少年たちと如月少年との関係性はどう説明する？

「で、いじめじゃないという根拠は？」僕は、もう降参とばかりに兄貴に訊いた。

「勇気のあるやつは、いじめにあわない」

「それも、マーフィーの法則？」

「いや、今思いついた」

「じゃ、その理論を説明してよ」

「如月少年は、何かしらのＳＮＳで見つけたのだろう。少年たちが、猫を使った実験をしようとしていることを。如月さんは、弟くんがスマホをいじっていて突然家を飛び出していったと言っていたからな。猫好きで命の尊さを目の当たりにしている如月少年はどうしても放っておけなかったんだろう。一人で複数の同級生に果敢に挑む勇気のある子は、いじめなんかにあわないだろうなというのが俺の見解だ」

「ふーん。兄貴は、わざわざそいつらを呼び出して説教がしたいってことか」

「正しい方向に導いてやるのが大人の役目だ」

偉そうに、と心の中で毒づいたが、兄貴の言うことは正しすぎて何も言い返せない。

翌日、店へやってきた彼らを見て驚いた。全員スキンヘッドにしていたからだ。何事かと訊ねたら、意外な答えが返ってきた。

彼らは幼稚園から一緒の仲良し五人組だったが、ある日を境に突然亀裂が生じた。

如月少年の奇行だ。スキンヘッドと眉毛全剃りの理由も、欠席の理由も決して明かさない彼の態度に苛立（いらだ）った四人は、彼の可愛がっていた猫を使って脅すことを考えた。

如月少年は、愛護団体にも所属するくらい猫を愛しているという。そんな彼を怒らせ、脅そうと考えた。

「猫を助けたければ、理由を教えろ」と欅の大門公園に呼び出したのだ。だけど、ケンくんが現れたことにより計画は失敗に終わった。

まず如月さんは、ここへ来る前に少年たちに事情を訊き、〝バター猫のパラドクス〟未遂事件の真相を知った。そこで、考えが変わったのかもしれない。

「美味しいものを食べさせてあげる」なんて嘘をついてここへ連れてくるのが心苦しかったのだろう。正直に謝りに行こうと促した。

そして、弟に全てを話した。如月少年は、これ以上家族や友人に心配をかけるのはよくないと、意を決してスキンヘッドにした理由を語った。大好きなカノジョを元気にする目的だったことを。

四人が「俺たちもやる」と熱い友情を見せてきた場面を想像すると、泣けた。

兄貴は、情にもろいところがある。ぴしゃり、と叱ったあと全員にランチを振舞った。

「なんでも好きなものを頼め」と。

如月さんは、「ありがとうございます」と頭を下げたままむせび泣いていた。

しっかりした姉と優しい弟。それに、熱い友情で結ばれた仲間。

僕はなんだかとても羨ましかった。だって、僕の人生にそんなドラマチックなことは起きないから。

一難去ってまた一難。

昼下がりのカフェでは、いつも何かが起きる。

慌ただしいランチタイムが終わり、客は、テラス席の紫さんと、ホールに一人だけだ。

僕は、兄貴に作ってもらったロコモコ丼をたいらげ、つかの間の休憩を味わっていた。

「お腹いっぱいのまま寝転がる。はい、じゃあ次〝る〟から」

僕は、いつものように紫さんに〝縛りしりとり〟を促す。いつの間にか、最初に言った言葉から連想して次々に言っていくスタイルが定着した。

「る？　る？　ルンルンで作ったお弁当を持ってピクニック」

「いいなぁ、それ！」

思わず、ルールを無視して感想を口にした。

「はい。ナルくんの負けー」

「えー」

僕は口を尖らせながら、店の中へ入っていく。

「まいどっ」

蘭子さんだった。何事もなかったかのようにいつも通りの様子で入ってくる。その笑顔が作られたものなのかどうかなんて僕にはわからない。

「サンキュ」兄貴は、卵の入った段ボールを受け取ると、「ちょっと、座れよ」と促した。

「はぁーあ」

蘭子さんは、わかりやすいほど大きなため息をついた。兄貴に昨日のことを相談したいのだろう。

「おつかれ。大丈夫か？」

「大丈夫なわけないじゃん。もう、両親からも友達からも近所の人からもなんでなんでってずーっと訊かれるし、彼からもずーっと電話が鳴りっぱなし」

「まあ、そうなるだろな」

「海人くんって冷たいのね。同級生が困ってるってのに」

「困ってるのは、黒岩さんの方じゃないのか？」

「そうだけどさ」

蘭子さんは、カウンターの真ん中に腰かけると、エプロンをはぎ取りくしゃくしゃっと丸めて隣の椅子にポンと投げた。

「コーヒーでも、どうっすか？」

僕は、何を喋ってよいかわからず、メニューを置いた。

「ありがと。なんか、甘いもの食べたいな」

デザートのページをめくる。

「昨日、あのあと、どこ行ったんだよ」

兄貴は、仕込みの手を止めることなくさらっと訊く。

「家に帰ったよ」

「まっすぐ？」

「うん」蘭子さんは、即答した。

なぜ、彼女は黒岩さんのプロポーズを断り、あの場から逃げ出すように走り去ってしまったのか？　昨日の祭り会場にいた全員が思ったはずだ。

まさか、突然お腹の調子が悪くなったなんていう理由ではあるまい。

「あの、つかぬことをお訊きしますが、サプライズでプロポーズを受けることはご存知だったんですか？」

恐る恐る二人の間に入って訊く。なかなか、勇気がいった。

「それは、うーん。知ってたよ。内緒だけど」

嘘だろ、と言いそうになったのを咄嗟に呑み込んだ。知っていたならなんで逃げた？

それに、ステージ上でのあの落ち着きのなさはいったいなんだったんだろう。

「つまり、事前にプロポーズを受けていたということっすか？」

「うん」

「ちなみに、そのときはなんと……」

「もちろん、ＯＫしたわよ。で、祭りのときに、サプライズを装って出てほしいって頼まれた。それも、快諾した」

「じゃ、どうして昨日あの場から逃げたんですか？」

「もう、みんなそればっかり」

うんざり、という感じで蘭子さんは不機嫌そうに顔を歪める。

「逃げたんじゃないよ。なあ？」

フォローのつもりなのか、兄貴が言う。

「自分でもよく覚えてないのよ。なんであんなことしちゃったのか」

蘭子さんは、またため息をつく。

自分でも覚えてないって、いくら大勢の前で緊張していたからといってそれはないだろう。ましてや、そういうことが起きないように事前に伝えてあったんじゃないのか。

「緊急事態だったんだろ？　それも、予測不能で制御不能になるほどの」

兄貴が全てを悟ったかのような表情で言う。預言者だって、もう少し慎重に伝えるだろう。それなのに、兄貴ときたら自信満々に言うからこちらはいつも面食らう。

「うん」蘭子さんは、小さく頷いた。

どこにヒントがあったというのだ。兄貴は、模擬店でビーフシチューを売っていた。おそらく、ステージ上で何が起きていたかなんてほとんど見ていないはず。

「久しぶりにアレ作ったから、食べてけよ」

兄貴は、蘭子さんを励ましたいのか、終始優しい。

ところで、アレ、とはいったいなんだ？

冷蔵庫から、シルバーの大きな鍋らしきものを取り出している。台形型の鍋なんて、うちにあっただろうか。取っ手の部分を持ち、厨房の台の上に「よいしょ」と置くと、サランラップを剥ぎ取った。それを、そーっと両手で持ち直すとカウンターへ置いた。蘭子さんも、きょとんとしている。アレがわかっていない様子だ。

よく見ると、ブリキのバケツであることがわかった。

どう見ても、掃除用のバケツだ。僕が店の掃除のときに使っているものと変わらない。ホームセンターなどに売っているごく一般的なもの。中をのぞくと、黄色い膜が張っていた。

兄貴は、冷蔵庫から小瓶のようなものを取り出し、「さあ、なんでしょう」と子供のような笑みを浮かべる。まるで、イタズラを仕掛ける前の少年みたいだ。

「なんだこれ。茶碗蒸し？」

僕は、匂いを嗅ごうと顔を近づけた。あまーいバニラの香りが鼻腔を刺激した。

「バケツプリン」

蘭子さんが興奮した声で叫ぶ。きらきらと、目を輝かせながら。その横で、僕はただ驚いていた。うちのメニューにこんなものはない。いつの間に作ったんだろう。

「なあ、覚えてる？　高校のとき、家庭科の授業で作ったよな、でっかい蒸しプリン」

「あー、そうそう。うちの班だけ怒られたよね。勝手なことするなって」

「プッチンプリンサイズのを作らないといけないのに、蘭子が超特大サイズのを作ろうって言い出したんだよな。家からいっぱい卵持ってくるからって」

「懐かしい。バケツが大きすぎて鍋に入らなくてさ、みんなでどうしようどうしようって焦ったよね」

「一番でかい寸胴鍋に入れてアルミホイルで蒸し器作ってさ、大変だったよなぁ」

兄貴は、仕込みを中断して蘭子さんと思い出話に花を咲かせる。

「でも、あのときのプリンは失敗しちゃったんだよね。蒸す時間が足りなかったんだっけ。ちゃんと固まらなくて、生ぬるくて甘いスープをみんなで飲んで、まずーってなったんだよね」

「これは、そのときのリベンジだ。いつか絶対成功させようって言ってたのに、叶わなかったんだよな」

兄貴が、小瓶に入ったカラメルソースとスプーンを蘭子さんに差し出す。

「えー。嬉しい。覚えててくれたんだ」

ここへやってきたときの顔とはまるで違う、幸せな笑みを浮かべている。兄貴は、蘭子さんを元気づけるためにわざわざ早く来て作ったのだろう。

いや、冷やす時間を考えれば昨日の夜作ったのかもしれない。今日、蘭子さんがここへ来て、愚痴をこぼすことまで予測していたのだろうか。さすがだな、と感心する。

「もちろんだよ」兄貴が、満足そうに頷いた。

さっきから、二人は思い出話に耽って楽しそうだ。そんなことより、僕は、昨日の「ごめんなさい」の真相が知りたい。

意を決して、訊いてみた。

「あの、結局、昨日の緊急事態はいったいなんだったんですか？」

「ふう」

蘭子さんは、僕と兄貴を交互に見るとまたため息をついた。どうやら、タイミングを間違えたらしい。せっかくの和やかな雰囲気がまたどんよりと重くなる。やばい、と兄貴の顔を見た。

「成留、おまえはちょっと黙ってろ」

「あ、はい」

僕は、口を尖らせ不貞腐れた。

「蘭子さ、バケツいっぱいプリン食べるのが夢だったんだよな」

兄貴はそう言うと、仕込みの準備を再開させた。

「うん」

「じゃ、ひっくり返すか」

そう言うと、兄貴は一番大きなスクエア状の皿をバケツの口にかぶせた。ゆっくり半回転させて、バケツと皿を揺すった。ぬぬぬぬ、と黄色い塊が出てくる。

「すごい」蘭子さんが感動の声を上げる。

「はい、おまけー」

兄貴は、冷蔵庫から生クリーム用の絞り袋を取り出し、プリンの上にもふっもふっもふっと大きなホイップの山を作った。一番上に、サクランボを飾り完成。

羨ましいの一言しかない。こんなスペシャルな料理は、弟の僕でも作ってもらったことがないのだから。

「いただきます」

蘭子さんは、スプーンに山盛りプリンを掬った。大きく開けた口にそれを運ぶと、一瞬「ん?」と首を傾げ、リスのように頬を膨らませた。んふふふ、と思わず笑みが漏れる。幸せな表情だ。たった一口でこの笑顔を作り出せる兄貴はやっぱりすごい。

「美味しい。食べたことない食感。これ、本当にプリンかなってくらい不思議。ねえ、このプリンはなんでこんなに弾力があるの?」

弾力のあるプリン? うちで出している通常のプリンは、卵黄と生クリームをたっぷり使用した濃厚な滑らかプリンのはずだ。

「あのとき失敗したのは、もちろん蒸す時間が足りなかったのも原因だけど、牛乳と卵と砂糖だけでバケツ一杯分のプリンを固まらせるのは難しい。実は、あのあと何回か試したんだ。あいつがどうしても作ってほしいって言うから」

「え？」

　蘭子さんは、一瞬手を止めて兄貴の顔を見つめた。

「でも、結局うまくいかなかった。一回り小さいサイズだとうまくいくんだけど、このサイズでは難しかった。うちで出している滑らかプリンを十五リットルのバケツで作るのは断念した」

　うちのプリンは、女性にとても人気がある。それこそ、飲めるくらいに滑らかで柔らかい。和三盆を使った上品な甘さで、いくらでも食べられると二個も三個も注文するお客様だっている。ウサギの耳が立体的になった可愛い小瓶は、全て手作りの特注品だ。地元の陶芸家が作ってくれたもので、テイクアウトを願う声が後を絶たない。しかし、頑固な兄貴がそれを許さない。

「じゃ、これはどうやって作ったの？　あ、もしかしてゼラチン？　でも、この弾力はゼラチンとは少し違う気がするのよね」

　蘭子さんの会社でも、卵を扱った商品をいくつか販売している。もちろん、プリンもある。ノーマルタイプのものから、タルト風の焼きプリンまで。〝窯出し焼きプリン〟は人気商品のはずだ。愛島特集の情報誌なんかでよく見かける。

広告をうまく利用した商売スタイルで大繁盛だ。ネット販売も好調らしい。テレビ取材なんかにも積極的に協力している。

「んー。もし蘭子が、昨日のことを黒岩さんに謝ると言うなら、教えてもいいけど」

「謝ったじゃない。ごめんなさいって」

「もう一度ちゃんと謝って、彼と結婚するんだ。きっと、それが蘭子の幸せのためだし、おじさんもおばさんも安心する」

「なんで、そんなこと言うの？」

「落ち着けよ。マリッジブルーってやつなんじゃないか」

兄貴は、蘭子さんを説得したいのか、昨日の「ごめんなさい」の真相には触れようとしない。むしろ、昨日のことを追及せずに蘭子さんと黒岩さんの関係を修復しようとしている。何か事情を知っているのだろうか。

しばらく、妙な沈黙が流れた。二人の話についていけない僕は、ただこの状況を見守ることしかできない。

蘭子さんは、なんとも言えない表情のままプリンを三分の一ほど食べたところで「もう無理。お腹いっぱい」と、スプーンを置いた。

「まだ、食べられるだろ？」兄貴が真顔で言う。

蘭子さんは、兄貴を睨みつけている。さっき、あんなに幸せな笑みを浮かべていたのに。

そこで、テラスの扉が開いた。

「こんにちは」紫さんが中に入ってきた。蘭子さんと挨拶を交わす。

「じゃ、わたし、そろそろ帰るわ」

蘭子さんが立ち上がった。

「うわぁ。何これ」

紫さんが、食べかけのプリンを見つめて言う。

「兄貴特製のバケツプリン。ちなみに、非公式メニューです」

「すごいっ。このお店って、なんだかメルヘンチックなお料理ばかり出てくるわよね。まるで、絵本の世界。お月様みたいにまんまるのオムレツとか、大人心をくすぐる大人様ランチとか、バケツいっぱいのプリンとか」

誰にともなく、紫さんは「ねえ？」と同意を求めた。ふはは、と蘭子さんが笑う。

「確かに、メルヘンよね」

二人が顔を見合わせて笑っている。ここで何度か顔を合わせているものの、特に会話をしたことはこれまでになかったはずだ。それなのに、まるで待ち合わせをした友人同士のようなテンションで話し始めるから驚いた。

不思議だ。紫さんは、ふんわりと空気を包んでくれる。

「蘭子さんの夢だったバケツプリンを兄貴が覚えていたらしくて」

「いつか食べてみたいって言ったものを、ミナトさんが作ってくれたの？」

僕の補足が終わらないうちに、紫さんは質問を投げた。

「そう。昔、みんなで作って失敗したの。だから、改良して作ってくれたんだって。優しいでしょー」

蘭子さんは、ちょっと棘のある嫌味な言い方をした。

「まあ。さすがミナトさん」

紫さんは、それを素直に受け取ってしまう。

「どうもありがとう。海人くんって、昔から変わってないね」

「それ、どういう意味っすか？」僕は、すかさず突っ込む。

「よく言えば優しい。悪く言えばおせっかい」

蘭子さんは、苦笑する。さっきから、兄貴に対して攻撃的なのはどうしてだろう。

「優しい、だけで十分だろ」

「こわいこわい。なんでもわかってますよっていう感じが」

「心外だな」兄貴は、眉をひそめる。

「ねえ、どこまで知ってるの？」

蘭子さんは、兄貴をじろりと睨む。

「俺は何も知らないよ」

「嘘よ」

「まあ、『起こる可能性のあることは、いつか実際に起こる』ってことだよ」

「どういうこと？」眉間に皺を寄せて、さらに睨む。

どうやら、兄貴のお決まりのセリフが癇に障ったらしい。やはり、このセリフが出たということは、「ごめんなさい」の理由を知っているということだ。

「蘭子がステージから血相を変えて下りていったって聞いて、もしかしたらそうかもな、という仮説は立ててみたけど」

「それで、このバケツプリンをわたしに食べさせて反応を見たってわけ？」

どういうことか、さっぱりわからない。プリンとプロポーズになんの関係があるのだろう？

「真実を知っても何もいいことはないぞ。たぶんな」

「やっぱり、海人くん、何か知ってるんだ」

「やっぱり、あのクズ来てたんだ」

蘭子さんのやっぱりに、兄貴がやっぱりで返す。僕は、二人の会話に全くついていけない。

「何よ、その言い方。クズって……」

蘭子さんは、兄貴を睨みつける。ケンカが始まってしまいそうだ。

「あの、僕にもわかるように説明してもらえないでしょうか?」

二人の顔を交互に見る。お互い、何かを言いたそうで言わない。いったいどうしたんだ。いつもの兄貴と様子が違う。

「いったい、あのクズは、何してたんだろうな?」

「はあ?」

「蘭子がずっと言ってたじゃん。あのクズ、全く連絡が取れないって」

「海人くん、本当に何も知らないの?」

「あの、ごめんなさい。私、途中参加だったから、全く話がわからないので要点だけまとめて説明してくれるとありがたいんですけど」

紫さんが無邪気に空気をサクッと割る。

「ええと、こちらは兄貴の高校の同級生の蘭子さんで、昨日のサプライズプロポーズを断った方です。なぜ断ったかを兄貴は知っているらしく、どうやら、このバケツプリンと何かしら関係があるようなないような、まあ、そんな感じです」

「なるほど。では、私たちは黙って聞きましょう。ナルくんは、出番まで待機です」

「で、出番?」

「わからないけど、とりあえず口を挟まない方がいいような気がする」

紫さんは、そう言うとカウンターの端に座った。

そして、隣の椅子をポンポンと叩いて僕に視線を送ってくる。座れ、ということらしい。

「じゃ、ちょっと失礼します」

なんだか、犬のしつけみたいだなと思った。お座りさせられて、待てのポーズ。

でも、案外悪くない。紫さんの横に座ると、ふわふわと体が浮くような感覚がしてついにやけてしまう。それに僕の好きなあの香りを存分に楽しめる。

兄貴は、大きく息を吸うと話し始めた。

「あいつがこの町を出ていってからのことは俺もよく知らない。連絡も取れなかったし、どこに行くとも聞いてなかったからな」

あいつって、誰だ？　黒岩さんのことか？　しかし、黒岩さんは兄貴たちよりも三つ上だ。高校の思い出に彼が出てくるのはおかしい。

おそらく、違う人物だろう。二人の青春時代に僕は思いを馳せる。

ここへ引っ越してきてすぐのことだ。兄貴は福岡市内の高校から、愛島の高校へ転校した。僕はまだ小学生で、この町にも学校にも馴染めず毎日が不安でどうしようもなかった記憶しかない。

「ほんと？」

「ごめん。ちょっと嘘ついた」

「何？」

「実は、ショウに会った」

「いつ？」

「五年くらい前だったかな。東京に遊びに行ったとき偶然」

「ほんとに偶然なの？」

「ああ。偶然だよ」

「ま、いいわ。何話したの？」

「『もし、今度どこかで俺を見かけても話しかけないでほしい』って」

「どういう意味？」

「わからない。一瞬だけだったし、何か急いでる感じだった。あいつはさ、――」

　あいつこと、ショウとは、兄貴と蘭子さんの高校の同級生で、どうやら蘭子さんの元彼らしい。高校一年のときからずっと交際していて、周りからも羨ましがられるほどお似合いのカップルだったそうだ。バケツプリンを一緒に作った仲間でもあり、兄貴とも仲がよかったことがうかがえた。

　ショウさんは、突然高校を止め、この町から出ていったという。母親と二人暮らしだったことから、夜逃げの噂などもあったが、学校にはきちんと転校届が出されていた。当時の担任によると、転校の理由は、家庭の事情ということ以外知らされておらず、それ以上のことは誰もわからなかった。

ショウさんは、スポーツ万能でクラスの女子たちに人気があった。勉強もできる優等生で、常にクラスの中心的人物で誰からも好かれる性格だったことから、いじめや不登校の可能性は考えられないと蘭子さんは言う。

携帯電話は解約、ＳＮＳなども全てアカウントは消され、ショウさんは消息を絶った。蘭子さんは、しばらく立ち直ることができず相当苦しんだという。

そんななか、親身に相談に乗ってくれたのが地元の先輩で幼馴染の黒岩さんだった。次第に惹かれ、長い時間をかけてようやく交際に至ったという。

「昨日、祭りの会場で見たのは、本当にショウだったのか？」

兄貴は、蘭子さんに確かめる。

「間違いない。絶対にショウだった。だって、目が合ったもの」

「蘭子は、ショウを追いかけるために黒岩さんのプロポーズを断ったっていうのか？」

「だって、わたしとショウは結婚の約束までしてたのよ」

「それ、いつの話だよ。高校生のころだろ？」

「そうだけど、わたしたちは真剣だった」

「でも、蘭子は黒岩さんと結婚するって決めたんだろ？」

「そうだけど、わたしはショウとの別れに納得してない。勝手にいなくなるなんて、ひどい」

「どうして会いたい人には会えないのかしらね」

紫さんが、頬杖をついて独り言のように言う。

「せめて何か言ってほしかったわ。別れるなら別れるなりの理由が知りたかった」

「言えなかったのかもしれない」

兄貴は、表情なく言った。

「そんなわけないじゃない。わたしたちうまくいってたもの」

蘭子さんは、ムキになって言う。

「蘭子さ、ショウの異変に、何も気付かなかったのか？」

「え？　毎日電話もしてたし、デートもしてたし……」

「じゃ、デートはどこでしてた？　付き合って最初のころじゃなくて、いなくなる前だ」

「どこって、わたしの家かショウの家だけど」

蘭子さんは、それがどうしたの？　という感じで答える。

「あいつの好きなものなんだったか覚えてる？」

「映画」蘭子さんは即答した。

「あいつと一緒に映画館デートしたことあるか？」

「ううん。映画はいつも、家でＤＶＤ観てたから。それが、なんなの？　学生だからお金がなかっただけよ」

「あいつ、古い映画にはめちゃくちゃ詳しいけど、どういうわけか最新作の映画には詳しくなかった。当然観ただろうと思って話題作の映画の話をすると、あいつは口数が減るんだ」

「観てない映画の話をされるのは誰だって嫌よ」

「そうだな。あいつは、いつも観てねぇよって不貞腐れてた」

兄貴はいったいなんの話を蘭子さんにしているのだろう。貧乏で映画を観に行けない親友の悲しい話でもしているのか。

「あっ、思い出した」蘭子さんは、かっと目を見開いて喋り出す。「——わたし、試写会に誘ったことがあるの。お金のこと気にして映画館デートを避けてるのかなって思ってたから。でも、用事があって行けないって断られた。でも、そんなのよくあることだし、あのときは気にしなかったけど……」

「じゃ、電車で遠出したことはあるか？」

「ない。天神に買い物行くときも、なんだかんだ理由つけて現地集合現地解散だった」

「おかしいと思わなかったのか？」

「そのときは、そこまで気にしてなかった」

「じゃ、ショウの好きなところと嫌いなところは？」

「好きなところはバスケが上手くてかっこよくて優しくておもしろいところ。嫌いなところは、プライドが高いところ。それと、たまに授業中大声を出して騒ぐところかな」

「それを注意したことはあるか？　授業中に大声を出すなって」

「たぶん……。ねえ、これいったいなんなの？　わたしのせいで、ショウはいなくなったって言いたいの？」

蘭子さんは、兄貴の質問攻めに我慢の限界が来たようだ。

「蘭子は、あいつがいなくなった理由に納得したら、黒岩さんと結婚するの？」

「それは、その答え次第よ」

蘭子さんは、当然のことのように言う。

そりゃそうだろう。もし、お互い好きなままで別れたのなら、よりを戻したいと思うはずだ。だけど、別れてからすでに十年以上が経っている。蘭子さんには婚約者までいる。ふつうに考えれば、過去の恋愛の一つとして思い出になっていてもよさそうなものだが。よっぽど、ショウさんのことが忘れられないのだろう。

なんだか、切ない話だな。

「たぶん、あいつがこの町に戻ってきたのは葬式があったからだろう。一昨日、ショウの中学のときの担任が亡くなったらしい」

僕は、さっきからずっと検索していた。兄貴がショウさんの高校時代のエピソードを蘭子さんから聞き出しているのをメモしながら。

わからないことは検索する。兄貴から教えてもらったことだ。

さすがに、全ての分野に精通していて謎を解くなんて難しい。推理に必要なのは、きっと洞察力や発想力なんだろうが、今の時代は情報というのも大事なんだろう。

スマホをタップする。

僕の調べが間違っていなければ、ショウさんは蘭子さんが嫌いでいなくなったのではない。おそらく、好きだったから本当のことが言えなかったんだ。

「あの、僕わかっちゃったんですけど」

兄貴の顔色をうかがいながら、恐る恐る手を上げた。

「待ってナルくん」紫さんが、止めに入る。

「それって、真実を知って傷つく人が出るパターンじゃないかしら？　なんだか、空気的にそんな感じがするわ。だって、ミナトさんがはっきり言わないってそういうことでしょう？」

「そのとおり。真実を知って、誰かは救われるかもしれない。でも、一方で傷つく人がいる。だから、兄貴は今まで蘭子さんに言わなかったんだ」

ショウさんが今も蘭子さんを思っているかどうかはわからない。もしそうなら蘭子さんは喜ぶかもしれないけど、黒岩さんは傷つく。

逆に、ショウさんがすでに誰かと結婚している可能性だってある。

「……。それでも真実が知りたいですか？」

紫さんは、呟きながら表情を曇らせた。もし、自分だったらと想像したのだろうか。蘭子さんの思いを汲み取って訊いたようにも受け取れるし、自分自身に問いかけたようにも受け取れる。

「お願い。もうここまで来たんだから教えて。どっちにしても、今のままじゃ誰とも結婚できない」

蘭子さんは、覚悟を決めたように言う。それに対し、紫さんも無言で頷いた。

「じゃ、成留。後は任せた」

兄貴が僕に委ねた。ずるいな、と思う。誰かを傷つける謎解きなんて僕だって荷が重い。

「では、失礼します。ショウさんは、トゥレット症候群という神経の病気だったんじゃないかと思われます。チック症って聞いたことあると思いますが、その症状に悩まされていたんじゃないかと。突然、首を振ったり、腕や肩を振り回したりする癖のようなものです。〝授業中に大声で騒ぐところが嫌い〟とのことですが、それは音声チックと言われるものでしょう。急に、短い叫び声などの大きな声が出てしまう。だから、騒いでるように見せかけてごまかしていたんだと思います。〝電車で遠出したことがない〟、〝映画館デートをしたことがない〟、これもチックを周りの人に知られたくなかったからでしょう。静かな場所ではどうしても目立ってしまいますからね。チックの中には、汚言症というものもあります。これは、突発的に人を罵ったり卑猥な言葉を言ってしまったりする症状です。蘭子さんは、そういったことを一言も仰らなかった。だけど、ショウさんの中では少しずつそういった症状がひどくなっていたのではないかと推測されます。蘭子さんを傷つけたくなかった。いや、嫌われたくなかった。だから、誰にも言わずに姿を消した」

「そんな……。言ってくれたらわたしも力になれたかもしれないのに」

蘭子さんは、突っ伏すようにして泣き崩れる。

「大好きな人には心配をかけたくないし、自分のかっこ悪いところを見られたくないものだよ。何も言わずに去る。プライドの高いショウの考えそうなことだ。俺にだって何も言わなかったんだから」

兄貴は、優しく諭すように言う。いつから知っていたのだろう。高校のときなのか、それとも五年前偶然会ったときなのか。

もし、自分だったらと考えた。僕なら、一番信頼できる友人には打ち明けていたかもしれない。全てを断ち切って姿を消すなんて、よっぽどの覚悟がなければできない。

だけど、ショウさんは親友の兄貴にさえ相談しなかった。なぜか？

きっと、二人の関係性が特別なものだったからではないだろうか。兄貴も、昔からなんでもできる優等生だった。勉強だって運動だってよくできた。女の子にもすこぶるモテた。ショウさんが兄貴をライバル視していたなら、自分の弱いところを見せたくないと思っても不思議ではない。

「お葬式なんて静かな場所、チック症を気にする人が参列するかな」

蘭子さんが言う。

「今はもう、自分の病気を受け入れて柔軟に対応できるようになっているかもしれない」

兄貴は、くっと眉間に皺を入れると頷きながら言った。蘭子さんに真実を告げたことを、肯定するように。

「海人くん、ありがと。プリンの答え、わかったわ」

蘭子さんは、それだけ言うと店を出ていった。

なんだか、胸が苦しい。誰も幸せになれない結末だったらどうしようと不安になる。

「ねえ、ミナトさん。そのお友達、昨日ビーフシチュー買いに来てませんでしたか？」

「さすが、紫ちゃんは侮れないな」

「小さな男の子、抱っこしてた人ですよね？」

「そう」

「久しぶりって話してたから、きっとお友達なんだろうなと思って」

「え？　いつ？　気付かなかったー」

僕は、自分だけ見ていないのがなんだか悔しい。

「でも、切ない話ね。もし、彼が打ち明けてたら、みんなの人生変わってたかもしれないのよね。蘭子さんも、ショウさんも、黒岩さんも」

紫さんは、まるで自分のことのように悲しげな表情で言う。

「そうだな。どれが正解ってわけでもないけど、今のショウは幸せそうだった」

「会いに行くのかな、蘭子さん。そしたら、辛いだろうな」

僕は、謎解きなんてしなければよかったと少し後悔した。

「『本当に欲しいものは手に入らない』」

紫さんは、手にしている本を開いて言った。彼女のバイブル、『マーフィーの法則』だ。

「紫さん……」

僕は、言いかけて止めた。彼女にも、何かそういうものがあるのかもしれない。欲しくて欲しくてたまらないのに、手に入らないものが。例えば、別れてしまった恋人とか。

「もったいないから、私食べちゃう」

紫さんは、蘭子さんの食べかけのプリンを自分のもとに引き寄せた。僕は、そっとスプーンを手渡す。

「ん？　お餅みたいな弾力。これは、何？　タピオカの粉かしら？　ううん、でも美味しい」

紫さんは、首を傾げながらどんどん食べ進めていく。

「ちょっと、わかりづらかったかな。話の間に挟んだつもりだったけど、成留、気付いた？」

兄貴が苦笑しながら訊いてくる。

「食べてみないと、わかんないよ」

僕が言うと、紫さんが自分の食べていたスプーンをこちらに向け、「あーん」と差し出してきた。え？　と一瞬固まる。戸惑いつつも、平気なふりをして口を開けた。ぽっと体の熱が上がる。ドキドキしていることに気付かれないように、斜め上を向き咀嚼（そしゃく）した。兄貴が目の前にいなかったら「もう一口」とお願いしたいところだ。

ねっとりと絡まるようなおもしろい食感。この弾力はいったいなんだろう？　味は、卵の黄身の濃さと和三盆の上品な甘さがちょうどいい。ほんのりかかったカラメルソースの苦みも絶妙で、新食感のプリンだ。舌と上顎ですり潰しながら食べた。

「わかったぞ」

「何？」紫さんが目を大きく見開いて訊く。

「葛（くず）だ。このもっちりねっとりした弾力は、葛粉を使ってるんだ。兄貴は、ショウさんのことを〝あのクズ〟なんて言ってたよな。ちょっと不自然なタイミングでさ」

「おまえ、今日冴えてるな」

珍しく兄貴が褒めてくれて嬉しかった。

かさこそと音を立ててマーフィーが僕の膝の上に乗ってきた。

よしよし、と頭を撫でるとみゃあと可愛く鳴いた。
どうか、蘭子さんが泣いてませんようにと祈った。

四章　大事な予定がある日に限って残業になる

紫（ゆかり）さんがこの町に来て、一ヶ月ほどが経つ。

未だ謎めいたところの多い人で、年齢が二十六歳ということくらいしか知らない。どこから来たのかも、なぜここへ来たのかもわからない。余計なことは訊かないし言わないのがここでのルールだと兄貴は言う。

そんな紫さんにはルーティンがある。

午前十一時に『キッチン・マホロバ』のドアを開け、僕と兄貴に挨拶をする。その日の天気について一言交わす程度。「今日も暑いわね」なんて。

注文するのは決まって〝幸せのふわふわふわ焼きカレー〟で、そそくさと本棚から『マーフィーの法則』を取りテラス席へ移動する。そして、スマホで海の写真を一枚撮ると、画面をタップして小さく微笑む。

そのときの横顔は、なぜかちょっと物悲しい。空と活字を交互に見つめ、物思いに耽（ふけ）る日々。だいたい、三日に一度の頻度でやってくる。丸一日雨が降る日はやってこない。

だから、僕は空に祈る。「明日、天気にしておくれ」とね。

紫さんは、〝マホロバ特製オムレツ〟を〝焼きカレー〟の上に滑らせ、〝幸せのふわふわ焼きカレー〟をセルフで作る。

最初から合体させることも可能だと伝えたが、自分で皿を持って卵を落とす瞬間がたまらなく楽しいと言う。彼女だけの特権だ。ふぅーふぅーと息を吹きかけ、はふはふと口に頰張ると幸せな笑みを浮かべる。


八月半ばの昼下がり。

僕は母ちゃんの見舞いの帰りで、欅（けやき）の海岸沿いをバイクで走っていた。

いつもの光景の中の違和感。歩道を歩いている人が紫さんだということはすぐにわかった。

「紫さーん」

叫んだ声は届かず、ひゅるるひゅるると風と共に流れていく。

どこへ行こうとしているのか訊ねようとしたのだ。

この辺りは、タクシーも走っていなければ、バスの本数も少ない。

初めて会ったあの日と同じ黒いワンピースに身を包んだ紫さんは、胸元に何かを抱え深刻そうな表情で一人歩いていた。彼女の行動が気になった僕は、バイクをUターンさせた。

もう一度、声をかけるかどうか迷ったが、止めた。ゆっくりとスピードを落とし、彼女の後をついていくと欅の大門を周遊する遊覧船乗り場に着いた。

「欅の大門」とは、日本三大玄武洞の中でも最大のもので、六角形や八角形の玄武岩が柱状節理をなして、玄界灘の荒波にそそり立っている。大きな口を開けるようにして神秘的な景観を呈すそれを船の上から眺めるのだ。

僕も、この町へ来てすぐのころに一度だけ行ったことがある。愛島のマスコットキャラクターいとボンのイラストが描かれた小型の船が懐かしい。

夏休みということもあって、駐車場はいっぱいで、乗り場も人で溢れていた。

紫さんは、遊覧船乗り場の前で海の方を見つめたまま、立ち尽くしている。

誰かを待つわけでも見送るわけでもなく、ただじっとそこにいるだけ。やや猫背になったその華奢な背中が物悲しく感じられたのはなぜだろう。

きっと、その場にふさわしくなかったからだと思う。楽しそうにはしゃぐ家族連れやカップルの中で紫さんだけが浮いていた。

バイクを停めた。

紫さんは、突然しゃがみこむとしばらく頭を下げたまま動かなくなった。何をしているのかはわからない。

声をかけるタイミングを見計らっていると、紫さんが振り返り、僕に気付いた。

乱れた髪を整えながら立ち上がると、あっと口を開けた。どうやら、風が強く吹いたその一瞬だったらしい。

「あれ、ナルくん。何してるの？」

それはこっちのセリフだよ、と思いながら「病院の帰りです」と答えた。

「紫さんは、ここで何してるんですか？」

「ううん。別に」

紫さんは小さく首を振りながらうつむいた。

「まだ、帰らないんですか？」

「今、何時だっけ？」

「四時です」

「そっか。もう、そんな時間に」

「ここまで、どうやって来たんですか？」

「歩いてきた」

「マジっすか？」

「ふふふ」

無理に笑おうとしたのか、笑顔が引きつっていた。

「大丈夫ですか？」

なんと訊いてよいかわからず、変な質問をした。

「うん」

笑顔でこちらに向かって駆けてくる。

「危ない」

紫さんは段差に躓(つまず)いて転びそうになった。

間一髪、僕は彼女の手をつかんで体を支えた。しっとりとした肌に、華奢な腕。

そのとき、ふっと紫さんから百合の花の匂いがした。いつものプルメリアをかき消すくらい強い匂いが洋服に染みついている。あまり、好きな匂いじゃない。

「ありがとう」

紫さんは、礼を言うとすっと笑顔で手を引いた。

胸がざわざわっとした。僕は、離してなんかほしくなかった。

それよりも、何かを隠すような作り笑顔が気になる。

化粧をしていないのか汗で流れてしまったのか、頬にも唇にも色がなく、なんだか顔色がよくない。紫さんの胸とお腹の間についた赤い粉のようなものが気になった。

「なんかついてますよ」

「ああ、花粉だわ」

紫さんは、洋服を叩いてみたけど、シミのようになったそれは完全には取れなかった。

百合の花でも胸に抱いていたのだろうか？　さっき手にしていたものは、なんだったんだろう？

「これから、一緒に帰ります？」

僕は、かっこつけて親指を後ろにぴゅっぴゅっとやってみる。

「え？　でも、それ二人乗りできるの？」

紫さんは、僕の愛車のスーパーカブを指して訊いた。

「これは、二人乗り可能なバイクです。ちなみに、ヘルメットも常備してありますから」

シートの横にロックされたピンクのヘルメットを叩きながら言う。

カノジョと二人乗りするために買ったものの、使うことなくここで待ちぼうけ状態のヘルメットにいよいよ出番かと胸が高鳴る。

「可愛いね。桃メット」

「でしょ？　後ろ、乗りますか？」

「でも、私スカートだし」

「大丈夫ですよ。安全運転でゆっくり行きますから」

「いいよいいよ」

「いやでも、ここからまた歩いて帰る気ですか？　三十分はかかりますよ」

断られても、必死で食い下がる。ヘルメットを固定していたベルトを外し、無理やり彼女の頭にかぶせた。

「じゃ、乗ってください」

僕は先にシートに座ると、紫さんを後部に促した。二人乗りして、海岸沿いを走る。想像するだけで胸が高鳴った。

「ごめん」

紫さんは、ヘルメットを取り僕に手渡すと、ぼさぼさになった髪を直すこともせずずっと下を向いていた。

「紫さん？」

「……」

アスファルトに、小さな円い斑点ができる。

紫さんの涙だ。

「へへへ。なんで泣いてるんだろ。本当は嬉しいくせに。私、ナルくんといると楽しい。楽しくて、大事なこと忘れちゃいそうになる。だから、ごめん……」

「……」

何も言えなかった。かっこ悪い自分に腹が立った。

僕は、声をかけることも抱きしめることもできずに、ただ拳を握りしめた。

あっという間にアスファルトは乾いてしまうのに、ぽたぽたと落ちる水滴が止まることはなかった。彼女は頭を垂れて僕に帰れと言ってるみたいだった。
涙を拭ってあげることもできないのか。
ごめんなんて言わないで。せめて、優しくさせてよ。
僕にはそれくらいしかできないから。
胸でも肩でも背中でもいい。泣くなら、いつでも貸してあげられるのに。
こんなに近くにいるのに、そんなこともできないのがもどかしい。

――ひと夏。
僕はまだ、何も気付いていなかった。
彼女との別れがすぐそこまで迫っていることに。

紫さんがこの店を訪れるほんの少し前。
七月十五日の午前。
「兄貴、また本が届いてるよ」
僕は、郵便受けからスマートレターを取り出して見せる。

「ささて、今日はどんな本かな？」

のらりくらりと兄貴は躱す。

僕は、少々この謎の贈り物が怖くなってきているというのに。

スマートレターとは、全国一律百八十円で届く、A5サイズの専用封筒。コンビニでも買えるお手頃感から、振り込め詐欺などでも使われるケースがあるらしい。

無論、こちらは送られてきている側だから、詐欺とは関係がない。しかし、送り主が不明なのは、やはり気味が悪い。

しっかりと糊付けされたそれを勢いよく手で剥がしていく。中に手紙はない。本をぱらぱらめくってもそれらしきものはないし、暗号が記されていることもない。

「シェイクスピアの『ロミオとジュリエット』？」

取り出すなり首を捻った。送られてくる本には一切の共通点がない。児童書だったり小説だったり、毎回違ったものが送られてくる。今回のは翻訳本だ。

ほとんどが中古本で、たまに、値札がそのまま貼られているときもある。あまり、状態のいいものではない。送り主の目的が〝この店へ本を提供したい〟という思いだけではないような気がする。わざわざ、郵便で一冊ずつ送る意味を考えると、何か別の目的があるように感じてしまう。どのくらい前からだろう？　ここ一年弱くらいの間ではないだろうか。だいたい月に一、二冊のペースだ。

一冊一冊、送られてくることに意味があるのだと思う。僕たちに、その意味を考えさせることで何かしらのメッセージを伝えたいのではないだろうか。

「消印はどうなってる?」

兄貴は厨房で仕込みの真っ最中だ。

「ない」

「先月もなかったよな」兄貴は確認するように言う。

いつからか、消印が消えたのだ。

「てことは、誰かがここへ直接届けに来てるってことか」

「誰だろうな」

そっけない返事。そんなことはすでに気付いていた、という反応だ。

筆跡からすると、女性じゃないだろうかと推測される。それも、若い子。丸っこくてクセのある可愛らしい文字には懐かしさを感じる。

僕だって、ラブレターの一通や二通、もらったことがある。それでなくても、女子特有のこの書き方には既視感を覚えた。

ただ、誰からのものと特定できるほどのデータはない。つまるところ、女子高生が書きそうな文字ということしかわからないのだ。

「兄貴、本当に心当たりないの?」

「ないな」即答だ。

宛名が『キッチン・マホロバ御中』でも『水城成留様』でもなく、『水城海人様』なのだから、兄貴への贈り物であることは間違いない。

「兄貴のファンだったりしてな」

からかうような口調で言ってみたけど、半ば本気だった。兄貴目当てで店へ来る女性客は多い。それが女子高生でもなんら不思議はない。

「今どきの若い子がこんな回りくどいアプローチしてくると思うか？」

確かに。こんな便利な世の中に、わざわざ直筆の手紙を書く人は少ないだろう。ましてや、目的不明の本を送ってくるなんて、よっぽどの理由がなければありえない。

「でもさ、最初の方の消印は福岡市内のものだったよね。てことは、そう遠くないところから送ってきてたってことになる。それが、ここ何回かは直接店に届けられるようになった……。ということは、この辺に引っ越してきた？　手渡しは恥ずかしいから、郵便ポストに入れている？　違うな。んー。どういうことだろう」

ぶつぶつと呟いてみるものの答えには行きつかない。

「それ、何冊目だっけ？」

兄貴は、ランチのサラダに使うラディッシュをスライスしながら訊いてくる。

「何冊目かなんて覚えてないよ」

答えながら、後方の本棚の前に立った。

僕は、あまり几帳面なタイプではないけど、本はきっちり並べないと気がすまない。綺麗に並んだ本を見るのは気持ちがいい。だから率先して本棚の整理をする。ジャンルごとに分け、そこからまた五十音順に並べ替える。

小さいころは、食べ物の載った絵本が大好きで、たくさん読んだ記憶がある。小学生になると、冒険小説や探偵小説を読みあさった。中学に上がると徐々に漫画に移行し、最近ではほとんど小説を読まなくなった。

兄貴は、暇さえあれば本を読む、いわゆる本の虫と言われる部類の人間だ。難しい本からイラスト集のようなものまで幅広い。いつしか家の本棚だけではおさまらず、店にまで侵食してきてしまった。本好きの常連客からは、その辺の本屋よりよっぽど品揃えがよいと褒められることも多い。

「俺、本に印つけてるから、ちゃんと何冊あるか数えとけよ」

兄貴は、めんどくさいことは全部僕に投げてくる。

「印って、どんなやつ？」

「タイトルの一番上の文字の横に赤いシールを貼っているのが全部そうだ。名無しさんからの大事な寄贈本だからな」

いつしか、送り主を〝名無しさん〟と呼ぶようになった。

本棚は、左右の壁を覆うように二面、厨房と反対側に一面の計三面に置かれている。木で作られたそれは天井に届きそうなほど高く、一番上段にある本は脚立なしでは取れない。おしゃれに配置した面陳ではなく、びっしり棚差しのため、相当な数の本がある。数えたことはないが、数千冊あるのではないだろうか。

テラス席に行くためには、カウンターの横にある木枠のガラス扉を開けないといけないが、母ちゃんの手作りのため建て付けが悪く、開けるのにコツがいる。

唯一、海が見える場所だ。利用客は、ほとんどいない。僕の記憶が正しければ、店ができた当初は、本棚も後ろの一面のみで海も見渡せていた。一年もしないうちに、壁一面本で埋め尽くされてしまったのは、本の虫である兄貴のせいだ。

兄貴の宝物である本の山の中から、赤い印のものを探す。五ミリほどの小さな印なのに、不思議とすぐに見つけられた。その小さな円の中には黒で数字が書かれている。おそらく、送られてきた順番だ。

一、二、三、四、五、六……十五。

「兄貴、『ロミジュリ』で十五冊目。これって、なんか意味あるの？」

「さあな。あるかもしれないしないかもしれない」

ぼんやりとした回答をするときの兄貴は、それを楽しんでいる。謎の贈り物を好意的に受け取れるなんて、僕にはちょっと考えられないけど。

読み終わったのでよかったらどうぞ、とお客さんが置いていってくれることはよくある。それは、ちゃんと顔が見られるので安心して受け取れる。

だけど、これは名前も顔もわからない誰かが送ってきているのだ。せめて、手紙でも添えてあったらいいのに、そういった類のものは一切ない。

最初は、僕も兄貴もそこまで気に留めていなかった。店の情報を人づてに知った人が厚意で送ってきてくれているんだろうくらいに思っていたが、あまりに頻繁に送られてくるので、徐々にその意味を考え出した。

たとえば、街中の至るところにある落書きが、自分のテリトリーに定期的に書かれていることに気付いたら、人はその意味を考え出すだろう。それが自分宛の郵便物なら尚更だ。

おかげで、僕たちは、あーでもないこーでもないと話し合うことが増えた。

僕は、もしかしたら何かの予告かもしれないと言い、兄貴は、それならよいお告げであってほしいと言った。その後も、あーでもないこーでもないと議論は続いた。

これがもし、兄貴への遠回しのラブレターだとしたら、僅かだが効果はあったと言えるだろう。こうやって、何ヶ月もかけて考えているのだから。

いつか、絶世の美女が「実は私が本の送り主です」なんて言って現れたら、ドラマチックすぎやしないか。あまりにも答えが出ないので、賭けをすることにした。競い合うことで、早くゴールが見えるのではないかと考えたのだ。どちらが先にこの謎を解けるかというね。勝った方は、相手の言うことをなんでも聞く、というありがちなものだけど、目標はないよりあった方がいい。

僕は、兄貴の真似をしてトントントンとこめかみを叩いてみた。

「閃(ひらめ)けひらめけひらめけ」と唱える。

次に、送られてきた本をじーっと見つめた。表紙の絵を見て、さらにトントントンとこめかみを叩く。送られてきた順番に本を並べたり入れ替えたりして考える。

表紙に印象的な絵が描かれているものもあれば、タイトルの文字だけのものもある。

しばらく考えた後、送られてきた本の中に何かヒントがあるのではないかと思い、一ページずつ丁寧にめくってみた。どこかにマーカーが引かれていたり、暗号が書かれていたり、ページが破れていたりしないかと、何かしらのメッセージを探した。だけど、何も見つからなかった。その次に、物語の中にヒントがあるのではないかと考えた。そこに出てくるアイテムや登場人物の行動に注目してみた。

一冊目に送られてきた本は、『不思議の国のアリス』だった。

読んだことはないが、ウサギや猫が出てくる話だということはなんとなく知っていたので、やはりうちの店に何か関係があるのではないかと思った。兄貴は、よいお告げであってほしいと言っていたけど、僕は悪い方に考えてしまった。この店へ不満や恨みのある人物の仕業ではないかと。

だけど、デザートにウサギの容器を使っているとか、店で猫を飼っていることがどう繋がるのかいまいちわからないまま、次の本が送られてきた。そもそも、一冊目が送られてきた時期と、マーフィーがうちに棲みついた時期が全く違うので、やはり関係はないという結論に至った。

二冊目は、『あしながおじさん』という児童書が送られてきた。アメリカの女性作家ジーン・ウェブスターが一九一二年に発表した児童文学作品である。孤児院で育った少女が一人の資産家の目に留まり、毎月手紙を書くことを条件に大学進学のための奨学金を受け取る物語だ。

兄貴は、超難関大学であるQ大へ一発合格で入学したが、二年で自主退学している。『不思議の国のアリス』が選ばれた理由はちょっとわからないが、『あしながおじさん』は兄貴へのメッセージではないかと考えた。

例えば、兄貴の才能や将来性に期待していた人物からの遠回しの助言。「おまえは、そんなところで料理を作っている場合ではない」といった具合に。

色々と可能性を考え、あーでもないこーでもないとこじつけて考えてみたものの、コレといった答えはわからずじまいだ。当の兄貴もまだ答えが見つかっていないようで、本が送られてくるたびに首を傾げている。

「本当に、送り主に心当たりはないの？」

「さあ」

「赤いシールを貼り出したのは、いつごろ？　何か、思うところがあったわけ？」

「六冊目が送られてきたころ、ある法則を見つけた」

「六冊目？　シェイクスピアの『リア王』だったっけ」

「そう」

「今日送られてきた十五冊目の『ロミジュリ』もシェイクスピアだよな」

「そうだな」

「でも、その二冊以外はシェイクスピアではないし。九冊目の『ダ・ヴィンチ・コード』なんて下巻だけ送られてきたしな。法則ってなんだよ」

「それは自分で考えるんだ」

兄貴は、こめかみをトントントンと叩く。

そして、挑発的な目で僕を見て「この法則は、たぶん検索してもわからないだろうけど」と優越感たっぷりの顔で言った。

「なんだよ。じゃ、もう兄貴はこの謎が解けたって言うのか？」

「いや、まだだ」

そう言うと、兄貴は薄い笑みを浮かべた。

完全に遊ばれてるな。あの薄い笑みは余裕のあかし。

悔しい。

せめて、どんな法則かくらい教えてくれてもいいじゃないか。

それからひと月以上が経った。

八月も残りわずかとなった。

あの日以来、遊覧船乗り場での出来事はお互い何も訊かないし言わない。

兄貴は、相変わらず冷たくて、一部始終を話してもそっけない態度だった。

あの涙はいったいなんだったのかわからず、モヤモヤしたまま日々を過ごしている。

堪（こら）えていたものが何かの拍子にわぁっと漏れ出てしまったような泣き方だった。普段は、必死で平常心を保っているのかもしれない。

だけど、またいつかそんな日が来るのではないかと心配になった。

ふわふわと漂っていて、つかめそうでつかめない。それが紫さんの謎ポイントだ。

いつもと変わらない、昼下がり。

怒涛のランチタイムが終わり、一息ついたところで、僕は送られてくる本について紫さんに語り出した。

「毎月だいたい一冊か二冊、送られてくるんですよ。差出人不明。目的不明。ジャンルはバラバラ。
一冊目が『不思議の国のアリス』で――、
二冊目『あしながおじさん』
三冊目『竹取物語』
四冊目『星の王子さま』
五冊目『絵のない絵本』
六冊目『リア王』
七冊目『青い鳥』
八冊目『ナポレオン』
九冊目『ダ・ヴィンチ・コード　下巻』
十冊目『マーフィーの法則』
十一冊目『おやゆび姫』
十二冊目『ティファニーで朝食を』
十三冊目『火の鳥』
十二四冊目『エルマーのぼうけん』
十五冊目が『ロミオとジュリエット』です」

スマホのメモを見つめ、順番通りに伝えた。兄貴は、ある法則を見つけたと言っていたが、それがなんなのかさえわからない。

「『マーフィーの法則』が十冊目に送られてきたってことは確かなのね？」

紫さんは、自分の手にした本に何か秘密があるのではないかと興味津々だ。

「はい」

「ミナトさんは、何か法則があるって言ってたのね」

「そうなんですよ。僕はまだ、それがなんなのかわからなくて。でも、絶対に負けたくないんです。いつもなら、兄貴がさっさと謎を解いて僕がそれを説明するっていう件なんですけど、兄貴もまだ解けてないってのが珍しくて。もしかしたら、今回は勝てるかもしれないなって」

「これ、勝負なの？」

紫さんは、少し嬉しそうに訊いてくる。

「いや、今回だけですよ。たぶん」

「仲がよくて羨ましいわ」

「別にそんなんじゃないっすよ」

照れながら言う。兄貴のことは尊敬しているし、家族だからもちろん好きだ。だけど、仲がいいことを他人に指摘されるのはちょっと恥ずかしい。

「『マーフィーの法則』の本はたくさん種類があるって知ってた？　実用書からビジネス書、それから派生した小説だってあるのよ」

「え？　そんなに？」僕は、素直に驚いた。

「これは、全米ナンバーワン・ベストセラー『マーフィーの法則』の日本語訳みたい。ほら、ここに書いてあるでしょ」

解説の部分を見せて言う。

「ああ、本当だ」

「この本は、二十年以上前に発行されたものでね、もう何度も重版されているの」

「もしかして、発行年とか発行日が同じものばかりとか。兄貴が見つけた法則ってそういう数字的なものかもしれませんね」

僕は、急いで店内に入り、送られてきた本の後ろを見てみたが、どれもバラバラでこれといった法則は見つからなかった。

「どう？」

紫さんが中へ入って訊いてくる。

「ダメでした」

僕は、肩を落として言う。

「この『マーフィーの法則』が送られてきたのっていつごろ？」

「たぶん、半年くらい前だったと思います」

「ナルくんも、この本読んだの？」

「はい。一通りは」

「この本に、〝バター猫のパラドクス〟は出てこないんだけど、例の実験のことは以前から知ってたの？」

「いや、マーフィーの法則のことは知ってましたけど、〝バター猫のパラドクス〟の実験を知ったのはネットでです。その本を読んでたら、興味が湧いて色々調べました」

「なるほどね」

「それがどうかしたんですか？」

「いや、これはたぶん全然関係ないと思うし、ただの偶然だとは思うんだけど――」と前置きをしたうえで紫さんは説明し始めた。

「――私がこのお店を探してる途中でマーフィーを見つけた。そして、マーフィーを追いかけてきたらこのお店にたどり着いた。そして、そのマーフィーを助けたケンくんがこのお店に来たことで彼の人生が変わった。そして、如月少年が〝バター猫のパラドクス〟の実験を止めようとしているところに、ケンくんが現れた。あれ、ごめんちょっと待って。順番がおかしいか……。えっと、その……。私が言いたいことはつまり、何かのループで繋がってるような気がするってことなの」

紫さんは、あれ？　あれ？　と首を傾げる。どこが導火線の元なんだろうと手繰り寄せるかのように。

「紫ちゃん、冴えてるね」

厨房から兄貴の声がした。

「なんだよ。こっちの話に入ってくるなよ」

僕は、牽制するように声を張り上げた。

「いいだろ、別に。俺とおまえの勝負なんだから紫ちゃんは関係ない」

「いや、紫さんは僕のチームなんだ。兄貴は、一人で考えろよ」

「あの、私を取り合っても大してお役には立てないと思います。そんなことより、ミナトさんも、やっぱり何か繋がりがあると考えてたんですね？」

紫さんは、ちょっと探偵口調で身を乗り出す。

「『起こる可能性のあることは、いつか実際に起こる』」

兄貴は、いつものお決まりのセリフを吐くと続けた。

「こないだ、少年たちがここへ来たときに訊いたんだ。どうやって〝バター猫のパラドクス〟の実験を知ったんだとね」

「そんなに、不思議なことではないと思うけど」

僕はちょっとムキになって言う。

実際、そんなに珍しいことではない。マーフィーの法則、と検索すればすぐに関連事項として出てくる。知っている人は知っている、そういうもんじゃないだろうか。ましてや、好奇心いっぱいの中学生だ。誰か一人が知って、仲間に話したら、よしやってみようという流れになるのはごく自然のこと。

「そうだな。だけど、この愛島はパワースポットとも言われているくらいだ。不思議なことにたくさんの偶然が重なって、みんなこの店にやってきた。もしかしたら、もっと根本的な何かで繋がってるんじゃないかと考えた。いや、そうだったらおもしろいなと思ったんだ」

兄貴は突然らしくないことを言う。

「それで、あの子たちは、どうやって例の実験を知ったって言ったんですか？」

紫さんが兄貴の考えを聞こうと先を急ぐ。

「いつからか、如月少年が何かにつけて〝マーフィーの法則〟を日常的に言うようになったらしい。それが、彼の奇行が始まった時期とほぼ同じだったと一人の少年が教えてくれた。ちなみに、それが半年前」

半年前は、ちょうど十冊目の『マーフィーの法則』が送られてきたころだ。僕は、混乱していた。それと、本の贈り物がどう繋がっているのかさっぱり見えてこない。

「〝マーフィーの法則〟が好きなやつなんていっぱいいる。それがたまたま奇行が始まった時期と重なるからってなんだって言うんだよ」

僕が捲し立てると、紫さんが「私も好き」と同調した。

「うん。〝マーフィーの法則〟が好きなやつはいっぱいいるだろうし、何も不思議なことではない。ただ、どういういきさつで知ったのか、俺は気になった」

「いきさつなんて誰かに聞いたとかそんなもんだろ」

「じゃ、誰に聞いたんだろうな」

兄貴がにやりと笑う。

「誰でもいいだろ、そんなの。別に、学校の授業の流れで知ったのかもしれないし、テレビで誰かが言ってるのを見たのかもしれない」

僕が把握している限りでは、少年たちは、猫好きな如月少年の秘密を知りたくてあの実験を思いついたと言っていた。猫の命と引き換えに、おまえの秘密を教えろと迫ったのだと。

【突然マーフィーの法則を連呼する如月少年→仲間の誰かが詳細を知るためにネット検索→パラドクスの猫の実験を知る→脅しのネタに使おうと考案】

おそらく、こんな流れだろう。

「如月姉弟と少年たちがここへ来たときのこと覚えてるか？」

「うん。祭りの翌日」

「俺は、この店に来るようにとは伝えたけど、住所も地図も渡さなかった。それなのに、あいつらは迷うことなく全員でここへやってきた。初めは、誰でも迷うのに、だ」

「それは、あの中に初めてじゃないやつがいたってだけだろ」

僕は、誰かが客として来たことがあるという意味で言った。

「そう。あの中に初めてじゃないやつがいたんだ」

兄貴は、両方の人差し指をひゅいっと僕に向けた。そのとおり、のポーズだ。

「ん？」

僕は、兄貴の言わんとすることがまだわかっていない。

「え！　あの中に、本を届けている子がいるってことですか？」

紫さんの表情がぱっと明るくなる。

「そうなんじゃないかと俺は睨んでいる」

「いやいや、なんの繋がりもないじゃん。そもそも、なんで男子中学生が兄貴宛に本なんか送ってくるんだよ」

「そこだよ。それがわからないんだ」

兄貴は、眉間に皺を寄せた。

珍しい。本の法則まで気付いていて、送ってきているのが大方誰か予想がついているのに、根本的な謎にまだ行きついていないなんて。

「すごい。ミナトさんをここまで悩ませる人って誰なんだろう？　タダ者じゃないわ」

紫さんは、楽しそうに僕の目を見てきた。

「あ、え、もしかして母ちゃん？」

僕は、あてずっぽうで適当に答える。兄貴より上手、となると考えられる人物は母ちゃんしかいない。

「ナニモクだよ」兄貴が冷たく言い捨てる。

確かに、母ちゃんがそんな回りくどいことをしてなんになるというのだ。

「兄貴はさ、あの中の誰がここへ本を届けに来たか目星はついてるわけ？」

「ついてるよ」

「誰だよ」

「如月少年だ」

「なんで？」

「少年たちはこうも言っていた。如月少年が可愛がっていた猫を見つけた、と。そして、欅の大門公園は彼らの遊ぶテリトリーではなかったということは、如月さんが言っていた。家から遠いと。つまり、少年たちは如月少年を追いかけていったときに、マーフィーの存在を知ったということになる。如月さんが弟を心配していたように、少年たちもかつての仲間を心配して尾行していたと考えられる。如月少年は、わざわざ家から遠いところまでチャリを飛ばしてマーフィーと遊んでいた。なんのためだろうな？」

「わかった」

紫さんが手を上げて言う。

「何がわかったんすか？」

「誰かが如月少年に、本を送るように頼んだのよ。たぶん、病気の彼女。宛名の筆跡が女子っぽいのはそのせいだわ」

「え？　なんで？　如月少年のカノジョって、中学生でしょ？　兄貴、女子中学生の知り合いとかいる？」

「いるわけねぇだろ」

兄貴の謎未解決の理由を悟った。女子中学生に全く心当たりがないから行き詰まっているのだ。そこで、僕は考えた。話を一から整理しながら、ぶつぶつと推理を口にする。

「本が送られてくるようになってから一年弱。おそらく、如月カノジョは病気が悪化し自力で本を送ることができなくなった。そこで、如月少年に本を託した。途中から消印がなくなったのはそのせいだ。宛先が男性の名前だったことで、どんなやつが相手なのか気になった如月少年は店を探すために自転車を飛ばす。ようやく見つけたものの、店に入る勇気も金もない。何度も店の前で躊躇（ちゅうちょ）する。そんなときに仲良くなったのがマーフィーだった。それを見た少年たちが〝バター猫のパラドクス〟の実験を思いついた」

完璧だな、と僕は満足げに頷（うなず）く。

「女子中学生がなんでそんなことするんだよ。動機が不十分だ」

「昔、ここに来た子とか。兄貴の料理を食べて感動して、そのお礼に本を送ろうと思った。こういうことは口にしたくないけど、命が幾ばくもないのかもしれない」

僕は、これで話が繫がったと思った。

「おまえだったら、そんなことするか？　料理に感動しただけで、入院中に本を送ってメッセージを伝えるなんて」

兄貴の指摘は正しい。正しすぎて何も言い返せない。

そりゃそうか。僕が思いつきそうな推理の一つや二つ、兄貴はとっくに通り過ぎているのだ。あれもこれも考えたうえで謎は未解決なままというわけか。

「あの、法則っていうのは教えてもらえないんでしょうか？」

紫さんが訊いた。すっかり、そのことを忘れていた。本はランダムに送られてきているわけではない。何かしらのメッセージがあるのだ。それがわかれば、相手のこともわかるはず。

「それが……。まだはっきりしない」

「私、一つ気になるんです。十冊目の『マーフィーの法則』だけ、実用書なんです。他は、ジャンルは違うにせよ物語という一つの括りになるのに、どうしてこれだけ違うのか」

紫さんは、見えそうで見せない答えに頭を悩ませているようだ。

「確かに、一つだけ毛色が違う気がするな。他は、文学好きな人が好んで読むような作品なのに、一冊だけ実用書。おかしいと言えばおかしいっすよね。もしかしたら、何かのヒントなのか……」

「もうちょっと待ってみよう。たぶん、続きがあると思う」

兄貴は、腕を組んで眉間に皺を寄せた。

「続きってどういうこと？」

僕と紫さんの声が重なった。

「きっといつかは終わる。それを待ってみよう」兄貴は言った。

その予言通り、十六冊目のアンソロジーで最後となった。

今まで手紙の類は一切なかったのに、なぜか最後のスマートレターの中にメッセージカードが入っていたのだ。花束などに添える名刺サイズのギフトカードで、『Thank you』と印刷されていた。

きっと、それが最後だと僕たちはなんとなく認識した。
十六冊目の本のタイトルは『I LOVE YOU』だった。

最後の本が送られてきて、兄貴はしばらく首を傾げ、送られてきた本のタイトルの頭文字を順番につなげ、書き記す。

次に、スマホをタップしそれらを入力すると、「あ！」と大きな声を上げた。

どうやら、謎が解けたらしい。

僕は、暗号のことはわからないけど、送り主が誰かってことには気付いてしまった。

「ごめん。今日はもう店を閉める」

時計を見ると、五時を回ったところだ。

「ダメだよ。今日、予約が入ってる。しかも、団体客だ」

「くそーっ」

「兄貴、もしかして今日がマホちゃんの誕生日って忘れてた？」

──八月二十五日。

「忘れるわけねーだろ」

「さすが、兄貴の娘だよな。手が込んでる」

僕が言うと、紫さんが「え？」と固まるような表情で見つめてきた。コルクボードの絵を指しながら。

「この絵を描いたのは小さいころで、今は、小学生なんだ。僕の十個下だから、九歳になる」

「ああ、そういうことか」と紫さんは感心するように頷いた。

兄貴は、大学時代に付き合っていた女性とできちゃった結婚をした。兄貴が二十歳のときだ。大学を中退したのは、働くためだった。夢は検事になることだと言っていた気がする。家族を養うために、夢を諦めたらしい。

僕が送り主に気付いたのは、ついさっきだ。誕生日に『Thank you』と『I Love You』を同時に伝えてくる相手なんて一人しかいない。

スマートレターの謎はこうだ。

お父さんへメッセージを送りたいけれど、すぐにバレてしまうようなものは送りたくない。そこで、マホちゃんはおばあちゃんのお見舞いのときに相談する。おばあちゃんの知恵袋だ。そんなとき、入院患者である如月カノジョと知り合う。宛先を書いてもらうことを思いつき、スマートレターを送ることにした。

そこに、新たな助っ人が登場する。それが如月少年だ。彼は、好奇心でスマートレターを郵送ではなく直接届けようとした。

もしかしたら、マホちゃんがお父さんの様子を見に行ってほしいと頼んだのかもしれない。せっかく本を送っているのに、なんのリアクションもしてくれなかったらちょっと悲しい。

十冊目に『マーフィーの法則』をあえて選んだのも気付いてほしいという思いがあったからだろう。兄貴は、昔からマーフィーの法則が大好きだ。きっと、マホちゃんもそれを覚えていたのだろう。

如月少年はどうにかして、『キッチン・マホロバ』の場所を突き止めようとした。正義感の強い彼は、おそらく責任感も強い。マホちゃんの思いを届けるために必死に探した。ようやく店を見つけた彼は、マーフィーと知り合う。マーフィーと仲良くなった如月少年↓それを遠くで見つめる姉と友達。彼の奇行の原因の一つがこんなことに繋がっているなんて不思議だ。

僕は、ゆっくりと謎を解いていく。

「まさかまさかの愛のメッセージ」

紫さんが突然喋り出す。僕は、それが合図であることにすぐに気付いた。

「じーんと温まるいいおはなし」

「し？　し？　幸せのお裾分けごちそうさまです」

「素敵な誕生日になりますように」

僕と紫さんは、いつもの〝縛りしりとり〟を続けながら兄貴の方をチラチラと見る。

そんな中、兄貴は、ディナーの準備に大忙しだ。

「おい、手伝ってくれ。十人分の大皿料理を作らなければいけない」

兄貴は、眉間に皺を寄せて言う。

いつになくバタバタと厨房を駆け回る。珍しい光景だ。どんなときも冷静沈着な兄貴が、娘のことになるとこうも人が変わってしまうとは。

「兄貴、プレゼント用意してるの？」

「してない」

「えー。会いに行こうとしてたんじゃないの？」

「ケーキを焼く。マホが好きなチーズケーキを」

「でも、間に合うの？　今から、団体客も来るのに」

「俺の辞書に不可能の文字はない」

兄貴が、ナポレオンの名言を捩って冗談を飛ばす。そんな余裕もないくせに。

「とりあえず、がんばろう」

僕は、声を張り上げた。

「よし、私も手伝う」

「ありがとう」

「『大事な予定がある日に限って残業になる』ｂｙマーフィーの法則」

紫さんが笑いながら言う。

僕たちは、汗だくになりながら団体客のおもてなしをした。紫さんの予言通り、いつもより遅い店仕舞いとなってしまった。

「できた」

兄貴は、冷やしておいたチーズケーキを冷蔵庫から取り出す。

しっとりクリーミーなニューヨークチーズケーキがマホちゃんの好物らしい。チョコペンで、ハッピーバースデーの文字を添える。

「早く行きなよ。マホちゃん、待ってるんじゃない？」

「あ、うん。ありがとう」

兄貴は、一瞬顔を歪めた。久々の再会に、緊張しているのだろうか。

マホちゃんは、兄貴によく似た賢い子供だった。
他の子供より喋り出すのがだいぶ早く、文字の読み書きだって早かった。兄貴が、たくさんの本を読み聞かせしていたからだろう、と母ちゃんは言っていた。
兄貴は、いい父親だったと思う。
離婚の原因は、元奥さんのだらしなさだったらしい。それは、生活スタイルだったり、男性関係だったり。細かいことまでは聞いていないが、兄貴が匙（さじ）を投げるくらいだから相当ひどかったんだと思う。お互い若かったということもあるだろう。

いよいよ離婚という話が固まったとき、二人はマホちゃんに訊ねたらしい。

「ママとパパどっちについていく？」と。

当時七歳か八歳というから、相当な覚悟のいる決断だったと思う。母親か父親か自分の意志で選べ。そんな残酷な選択があるだろうか。

兄貴はもちろん自分を選んでくれるものと思っていた。きっと自信満々に訊いたはずだ。

それなのに、マホちゃんは「ママについていく」と即答したという。

兄貴は、がっかりしながらもその答えを受け入れた。

そして、二人と約束をする。

元奥さんには〝ちゃんと子供を育てること〟。

そして、マホちゃんには〝たくさん本を読むこと〟。

会いたい気持ちを堪えて、兄貴はマホちゃんの誕生日だけ会うことを決めた。自分を選んでくれなかったことが相当悔しかったのだろう。今日、会いに行くことだって悩んでいたくらいだから。

元奥さんは、兄貴と別れたあと必死になってマホちゃんを育てようと努力した。それまでの自分のだらしなさを改めようとがんばった。きちんと、約束を守ろうとしたのだ。それを見ていたマホちゃんは、自分から父親に会いたいなんて言ってはいけないと我慢した。

母ちゃんが入院したことだって兄貴は知らせていなかった。だから、最後まで送り主がマホちゃんだと気付かなかったのだ。

元奥さんは、母ちゃんとたまに連絡を取り合っていたらしい。孫の成長が何よりの楽しみだった母ちゃんは、こっそりと入院先を知らせたという。

マホちゃんは、お父さんとの約束をちゃんと守っているということを伝えたかった。だから、あえて手紙ではなく本を選んだ。

あるメッセージを込めて。

一冊目『不思議の国のアリス』――F
二冊目『あしながおじさん』――A
三冊目『竹取物語』――T
四冊目『星の王子さま』――H
五冊目『絵のない絵本』――E
六冊目『リア王』――R
七冊目『青い鳥』――A
八冊目『ナポレオン』――N
九冊目『ダ・ヴィンチ・コード　下巻』――D
十冊目『マーフィーの法則』――M

十一冊目『おやゆび姫』――――O
十二冊目『ティファニーで朝食を』――――T
十三冊目『火の鳥』――――H
十四冊目『エルマーのぼうけん』――――E
十五冊目『ロミオとジュリエット』――――R

そして、十六冊目が『I LOVE YOU』。

マホちゃんが兄貴に送りたかったメッセージは、
〝Father And Mother I Love You〟

これを検索すると、ある単語が出てきた。
〝FAMILY〟

一時期、ネット上で話題になったことがある。FAMILYの語源は、〝Father And Mother I Love You〟から来ていると誰かが拡散し始めたのだ。

これは単なるこじつけで、実際FAMILYの語源はラテン語の〝FAMULUS〟から来ているから全くのデマだ。

だけど、そんなことは問題ではない。

マホちゃんが兄貴に伝えたかったことは、〝わたしは、お父さんもお母さんも愛している〟ということ、ただそれだけなのだ。

お母さんについていくと決めたのは、〝お母さんを一人にするのが心配〟だったかららしい。子供は、意外と大人を見ている。

変な意地を張らずに、会いたいときは会いに行くと言っていたら、こんな面倒なことにはならなかったはずだ。

兄貴は、全ての謎が解けたとき泣いていた。

僕は、完璧だと思っていた兄貴の意外な一面を見て、驚いたけれどとても人間らしくて愛情深い人なんだと知ることができて、ますます好きになった。

きっとマホちゃんは、もう一度家族になれることを信じて本を送り続けたのだろう。それが伝わったから、兄貴は泣いたのだ。僕はぼんやり考えていた。この物語の始まりはどこだったんだろうと。辿れば辿るほど不思議だった。色んな奇跡が重なって僕たちはみんな出会ったんだ。

なんだかそれは、とても愛おしくて素晴らしい。

五章　声の一番でかいやつが発言権を得る

いつからだろう。

僕ら兄弟が謎解きを遊びの一つとして楽しむようになったのは。

きっと、この町へ来て間もないころに起きた〝スリッポン事件〟が始まりではなかっただろうか。

僕が七歳で兄貴が十七歳のころ。

週に二回、スイミングスクールへ通っていた。もちろん、行きたいなんて自分で言った記憶はないから、母ちゃんの判断で通っていたのだと思う。体が病弱だったことや、学校に馴染めず引っ込み思案だった僕を心配してのことだろう。

僕が通っていたスイミングスクールは、送迎バス付きのところだった。これは、商売をしている母ちゃんにとっても好都合の習い事だったに違いない。

まじめに六年間通ったおかげで、水泳の授業ではちょっとしたヒーロー扱いされるレベルにまで成長した。

さて、〝スリッポン事件〟について説明しよう。

今となっては、大した事案ではないが、あのとき僕は、兄貴の将来像が透けて見えるほど感動した。

スイミングのレッスンが終わると、生徒は一斉にシャワーを浴び、着替えを済ませ、係のお兄さんお姉さんによってドライヤー攻撃を受け、自分の練習カードを受付でもらって靴箱を目指す。

そして、地区ごとに分けられたバスへと乗り込んでいく。今でも忘れない、僕の乗るバスは6号車だった。

あの日も、いつものようにレッスンを終え、バスに乗って帰宅した。厨房を通って店と家を仕切る扉を開ける。上がり框で靴を脱ぎ、すぐさま居間に寝ころんだ。しばらく疲れて眠っていると、母ちゃんに叩き起こされた。

「成留（なる）、なんで靴が破れてるの？」

寝ぼけ眼（まなこ）をこすりながら自分の靴を見てみると、フロント部分が破れていた。ちょうど、指の付け根くらいにあたる場所だ。破れてはいるが、生地がしっかりしているため、貫通はしていない。

生意気にも、七歳の僕は母ちゃんにわがままを言ってVANSのスリッポンを買ってもらった。黒のチェック柄でオシャレな感じがかっこよかった。

急に訊かれたせいで、さあ？　と首を捻ることしかできない僕を母ちゃんは容赦なく問い詰めた。徐々に意識がはっきりしてきて、母ちゃんの顔を見上げた。

母ちゃんは、怒りと悲しみの交じった顔で右手に持ったスリッポンを、ぐん、と僕の顔の前に突き出してきた。

「なんで、破れてるの？」

「学校で、サッカーしたからかも」

なんて言ってみたが、母ちゃんは納得のいかない顔でもう一度訊いてきた。

「この靴、いくらしたと思ってるの？」

母ちゃんは、威勢よく言い放った。値段なんて知らないよ、とそのとき心の中で言い返していた。

子供の足はすぐに成長し、履けなくなる。大人と違ってコスパが悪すぎることを今なら理解できるが、当時の僕にはよくわからなかった。

「さあ」

「あんた、どこかで転んだりした？」

膝小僧をのぞきながら言う。転んだ拍子に靴が破れたと思ったのだろう。

「ううん」

僕は、ちょっと目を伏せて答える。

そこへ、まかない飯（僕たちの夕飯）を作って持ってきた兄貴が、どうしたんだと訊ねてくる。

このころから兄貴は、見よう見まねで母ちゃんの料理を習得していった。

母ちゃんの料理と兄貴の料理は、似ているようで微妙に違う。同じレシピでも、作る人の性格やタイミングで色々変わってくるらしい。まあ、どちらも美味しいことに変わりはないのだけど。

兄貴の持った盆の上には、ペペロンチーノとカルボナーラを組み合わせて作ったぺぺ玉が載っていた。正直、僕は、ちょこっと破れたスリッポンのことなんかどうでもよかった。

それよりも、ぺぺ玉を早く食べたくて食べたくて、兄貴の質問攻めをスルーして台所の引き出しからフォークとスプーンを取り出した。

居間のベストポジションであるテレビ正面に鎮座し、ぺぺ玉を待つ。バターとガーリックの香りが鼻腔を刺激してくる。

母ちゃんは、兄貴にスリッポンのことを説明する。

「成留の靴が破れてるの。こないだ買ったばかりなのに」

「今朝、学校に行くときは破れてなかったよな？」

兄貴が、僕に確認するように訊いてくる。

「たぶん」

「学校から帰ってきたときは？」

「さあ」

適当に答えると、テーブルに置かれた楕円形の皿を引き寄せた。厚切りベーコンの綺麗なピンクと卵の黄色と刻みパセリの緑のバランスが絶妙で食欲をそそる。

僕は、「いただきます」と手を合わせるとフォークを豪快に突き刺した。ぐるんと、大きな塊になったパスタを口の中に入れる。和風だしの利いた濃厚なソースがアルデンテで茹でたパスタに絡んで最高に旨い。

二口目、三口目と噛みしめる。

「破れてなかったわ」母ちゃんが思い出したように言う。

僕が脱ぎ散らかした靴を揃えたのを思い出したらしい。

「てことは、スイミングスクールの行き帰りに破れたってこと？」

兄貴は、僕の顔をじっと見る。僕は、目を合わせるのが怖くてぺぺ玉に意識を集中させた。

「誰かに破かれたのかも」

そのとき母ちゃんはよくないことを考えていたらしい。

僕が嫌がらせを受けているんじゃないかと。僕のレッスンの次の時間帯の子で、同じ小学校の子が怪しいと兄貴に耳打ちしているのが聞こえた。

確かに、学校に友達と呼べるほど仲のいい友達はいなかった。一度も家に呼んだこともなければ、呼ばれたこともない。僕は、学校から帰るなりどこへも行かず、一人黙々とゲームをするのが日課だった。

だけど、僕はいじめられるほどクラスのみんなに認知されていなかった。影の薄い子、くらいに思われていたはずだ。

「違うよ、母ちゃん。僕の学校にそんないじわるをする子なんていないよ」

そこだけは、きっぱりと言い返した。心配してほしくなかったからだ。

「成留、おまえ嘘をついてるだろ？」

兄貴は、僕の食べていた皿をすっと引き抜く。おあずけ、の状態にされた。

「嘘なんてついてないよ」へらへらと笑う。

「どういうこと？」母ちゃんが訊いた。

「成留の靴は、いじめっ子に破られたんじゃない」

「え？　じゃあ、どうして破れてるの？　成留が自分で破ったっていうの？」

「事実と真実の違いだ」

兄貴は、自信満々に言い放った。

「どういうことよ」

「事実は、本当にあった事柄。真実は、嘘偽りのないこと。補足すると、事実とは人の意見の介在しない客観的に見た事象そのものを指し、真実とは人それぞれにある主観や考えに基づいた結論や考えを指す。つまり、靴が破れていることは事実だけど、成留の靴が誰かによって破かれたというのは真実ではない。さらに言うと、成留の不注意でも故意でもない。真実は、別にあるってことだ」

兄貴は、とうとうと捲し立てるように喋った。

わざわざ、こんな長ったらしい説明をしたのは、僕に真実を告げる勇気を奮い起こす時間を与えるためだ。

「……」

僕は、兄貴の鋭い眼光が怖くて無言で首を振った。

お願いだから、これ以上何も訊かないでくれという願いを込めて。

「この靴、成留のものじゃないよな？」

兄貴は、正直に言えと迫ってくる。

「……」

「どういうこと？」母ちゃんが破れた靴を見つめる。

「ほら、よく見ろよ。靴の擦り減り方が一週間やそこらでできたものではない」

兄貴は、靴をひっくり返して母ちゃんに見せると、僕の顔をじっと睨んだ。

「え？　もう、なんだぁ。ただの履き間違い？」

母ちゃんは、笑いながら言う。

「いや、そうじゃない」

兄貴は、すぐに否定した。

「……」

僕は、目を逸らしぺぺ玉を見つめる。兄貴の顔を見ないように。

「成留、スイミングスクール楽しいか？」

「うん」

「それはどうして？」

「えっと、友達がいるし、泳ぐのが好きだから」

僕は、下を向いてぽつりぽつりと答える。

「おまえは、まだ履けるスニーカーがあるにもかかわらず、こないだの日曜、突然靴が欲しいと言い出した。しかも、近所の靴屋では気に入るのがなかったと言って、ＡＢＣマートまで行って選んだ。おまえは、紐のない黒と白のチェックの靴がいいといって譲らなかった。俺は、そのときからおかしいなと思ってたんだ。なぜ、あの靴を選んだのか。なぜ、あの靴じゃないといけなかったのか。どうせ新しく買うなら、大きめのを買おうと俺が言ったとき、頑なに今のサイズと同じがいいと言い張った。おそらく、その靴の本当の持ち主と交換するため。理由まではわからないけど」

まんまと兄貴に言い当てられ、僕は降参した。

そして、真実を打ち明ける。

初めてできた友達だった。小学校は違ったけど、同じスイミングスクールの子で、毎週会えるのを楽しみにしていた。

あるとき、靴が破れていることを指摘すると、その子は悲しい顔をした。学校の金網を登り降りする遊びの途中、引っ掛けてしまったらしい。僕は、ズボラで靴が少々破れていても気にしないタイプだ。友達が喜ぶならと交換することを思いついた。今思えばバカなことをしたなと思うけど、僕もその子も幼かったため、あまり深く考えなかった。

靴は、次のレッスンのときに親同士が話し合って交換することになった。僕は、そのままでもいいと言ったけど、そういうわけにはいかないと大人の意見でねじ伏せられた。

その子とは、小学校六年生までずっといいライバル関係を保ち、色んな大会に一緒に出て、楽しかった。

水泳をがんばれたのは、その子がいたからだ。そして、水泳の授業で褒められると自信がつき、徐々に友達もできていった。

縁があったのか、中高と同じ学校に進学した。迷うことなく僕たちは水泳部に入り、六年間切磋琢磨し合った。大学は別々になってしまったが、今でも彼は僕のライバルであり親友だ。

八月も残すところあと二日。

土曜日の昼下がり。ランチ客の流れが引いたころ、二人の少女が店にやってきた。一人は如月（きさらぎ）ナオで、もう一人は初めて見る顔だ。

「こんにちは。その節は、どうも」

如月さんが笑顔で言う。

「やあ。弟くん、元気？」

「はい。元気ですよ。カノジョの方も病状が安定しているみたいで、けっこう穏やかです」

「それは、よかった」

「もうすぐ夏休みも終わるね」

「うち、二学期制だから、もう学校始まってます」

「あ、そうなんだ」

僕は、二人にメニューを渡す。レモン水をそっと置いて、注文を待った。

「えっ、これすごい。何？」

　二人は、メニューを指さしながらきゃっきゃとはしゃぐ。実に、若々しくていい。露出の高いワンピースにウエッジソール、焼けた肌にカラフルなメイクもよく似合っていた。

　これが、大学生ともなるとちょっと雰囲気が変わり、ぐっと大人っぽくなる。制服を脱ぐと、一気に歳を取った気がすると元カノが言っていた。いやいや、まだ大丈夫だろうと言ったけど、そこには明確な差が生まれているんだと説明されたことをふと思い出した。

「あの、この、軽ボナーラってやつを二つお願いします」

　二人は、メニューを指して顔を見合わせる。

「かしこまりました。それでは少々お待ちください」

　二人が頼んだ軽ボナーラは、その名の通りカルボナーラで間違いないのだが、ここでの表記は〝軽い〟という漢字を使っている。

　濃厚なカルボナーラの上に、雲をモチーフとしたメレンゲが載る。口の中でふわふわっと雲を食べてるような食感から、この軽ボナーラは命名された。

　二人は、料理が目の前に出てくるなり、スマホで写真を撮り始めた。

「ちょっと待って。これで、黄身を載せてから食べてね」

　兄貴は、〝エッグセパレーター〟というシリコン製の鶏型黄身取り器を二人に渡す。メレンゲを作る際に、とりわけていた黄身だ。

「きゃー。可愛い」

二人は、黄色い声ではしゃぐ。

「ぴゅっと押したら出てくるから。メレンゲの真ん中にちょこんと載せてね」

僕が補足するように言う。

二人は、スマホを動画モードにすると、まさに出てくる瞬間を撮ろうとかまえた。右手にスマホ、左手にエッグセパレーター。鶏をつかむようにぴゅっと押すと、まるで卵を産み落とすみたいに黄身がぽとりと落ちる。

「すごーい」「おもしろい」

二人の声が耳にキンと響いて、僕は小さく笑った。お客さんが喜んでくれるのは、見ていて気持ちがいい。胸の真ん中がほっこり温かくなる。

「泡をつぶさないように混ぜてね」

兄貴は、さわやかスマイルで言った。さすがだ、といつも感心する。僕は、あんなに器用にあっちもこっちもと振舞えない。

「はーい」二人の声が重なった。

卵黄を潰して、メレンゲと麺を絡め、口に頬張る。

「ふわふわー。あ、美味しい。あ、この泡ちょっと甘い」

二人は、感動の声を上げる。

僕は、タイミングを見計らってレモン水をグラスに注ぐ。ついでに、紫（ゆかり）さんのいるテラス席に行って、レモン水を注いだ。

「如月さんが今来てるんですよ。お友達と二人で」

「そう。あ、私トイレに」

そそくさと、店内に入っていく。僕も、その後を追う。せっかく〝縛りしりとり〟でもやろうかと思ったのに。

紫さんは二人の少女をちらっと見ると、可愛いねと僕に耳打ちした。どうリアクションしていいかわからず、そうっすねと軽く流した。

二人は、僕の方をちらちらと見ながら会釈をする。なんだか、照れ臭い。歳はそう離れていないはずなのに、空気感のようなものがまるで違う。

「ねえねえ、本当に大丈夫かな?」

「うん。相談してみるだけしてみようよ」

「でもさ……」

二人は、小声で喋っているのかもしれないが、思いっきり聞こえている。どちらかといえば、僕に聞こえてもかまわないくらいのテンションで話している。

「ごちそうさまでした」

綺麗に平らげ、合掌のポーズ。それだけで、いい子たちなんだな、と思ってしまう。

僕は、二人の話していた「大丈夫かな?」が気になっていた。

何か言いたそうな雰囲気で、僕の気を引こうとしているように見えた。こちらから、訊いてほしいのかもしれない。

どうしたものかと思っていると、如月さんと目が合ってしまった。適当な笑みを浮かべてごまかす。変な沈黙が続いた後、如月さんが言った。

「あの、ちょっとご相談したいことがあるんですけど」

「何かな？」

女子高生に相談されるなんて、光栄なことだ。

「こないだ、弟の不審な行動について謎を解いてくれましたよね。それを友達に話したら……。あ、この子わたしと同じ高校の御舟花織（みふねかおり）といいます。花織も、ちょっと困ってることがあって、もしよかったら相談に乗っていただけないかと」

「お願いします」

御舟花織がぺこっと頭を下げる。

すーっと切れ長の目にブルーのカラコンが印象的な子だった。まぶたに塗られたラメのアイシャドーが瞬きのたびにキラキラと光る。

「花織ちゃんの相談っていうのは、恋愛関係かな？」

僕は、満面の笑みで訊いた。

「あ、すごい。そうです。そうなんです」

　二人は、占い師に言い当てられたときのような驚きと喜びを交えた顔で僕を見た。

「いやいや、もしかしたらそうかなって思っただけだから」慌てて否定した。

　僕は、預言者でも占い師でもなんでもない。ましてや、女子高生の恋の相談なんて乗れるわけがない。専門外だ。それこそ、千円か二千円払って町のポップな占い師に相談するのが一番いい。当たり障りのない助言をしてくれることだろう。

「何か、困ってることがあるの？」

　トイレから出てきた紫さんが声をかけてきた。

「あ、えっと、あたしのカレシのことなんですけど、といってもカレシと言ってよいかビミョーっていうか……」

　いまいち話が見えてこない。

　お客さんは、フロアにあと二組ほどいるが、どちらも本を読みながら食後のコーヒーをゆっくり味わっているという感じだ。

「じゃ、順を追って話してくれるかな」

　僕は、兄貴の方をチラッと見て言う。厨房で、卵を大量に割っているところだった。

　紫さんは、カウンターの端に座って二人を見つめる。

「夏休みの二週間くらい前でした。二人の男の子から同時に告白されたんです」

　花織ちゃんがゆっくりと話し始めた。さっきまでのきゃぴきゃぴした声とはまるで違う落ち着いたトーンで。

「二人とも剣道部で、先輩と後輩の関係にありました。最初に告白をしてきたのは、先輩の方でした。昼休みに呼び出されて、告白されました。ごくふつうに、『俺と付き合ってください』って感じで。それまでは、話したこともなかったので、ビックリして『少し考えさせてください』と答えました」

「ふむ。じゃ、その男の子の名前を教えて」

　紫さんがいいタイミングで訊く。

「隼也(しゅんや)先輩です」

「隼也くんね。ＯＫ。続けて」

「それから、あっという間に隼也先輩があたしに告白したという噂が広まって、五、六時間目にはクラス中というか、もう二年と三年には知れ渡っている感じでした。そして放課後、クラスの友達が剣道部の練習を見に行こうと言い出したので、なんとなく断れずに武道場へ行きました。しばらく練習を見てたら、周りがざわざわし始めて。『あの子来てるよ』みたいな感じで盛り上がってたんでしょうかね、みんながあたしを見てる感じがあって」

「それは、盛り上がるだろうな」

僕は、ぼそっと呟いた。

「帰ろうかなって出口に歩きかけたところで、同級生の男の子があたしの目の前にやってきて告白したんです。『僕と付き合ってください』って。名前は知っていましたが、あまり話したことがない人でした。先輩もいるし、剣道部の人もみんな見てるし、さらに隣で練習してた柔道部の人たちまで集まってきちゃって。どうしたらいいかわからなくて」

「うんうん。その男の子の名前は?」

「田中(たなか)くんです」

「隼也くんと田中くんね」

「はい。一日に二人から告白されるなんてなかなかないし、二人ともよく知らないし、なんかのどっきりかなと最初は思ってました。罰ゲームであたしに告白しないといけなかったのかなって。でも、二人とも真剣な感じだったし、周りも騒ぐし、とても困りました。そしたら、いつの間にか剣道の試合で勝った方があたしと付き合えるみたいなノリができあがっていて、さらに盛り上がっていきました。あたしの気持ちは完全に無視です。もう、みんなゲームに参加するみたいな感じで、賭けをする人たちとかまで出てきちゃって。あ、もうこれは仕方ないんだな、どちらも選ばない、という選択肢はないんだなって諦めました」

「おー、青春だな」

僕は、懐かしむように呟く。

「試合は三日後の放課後、ということに決まりました。あたしは、そのときようやく二人のことをちゃんと認識したんです。それまで、全く意識したことのなかった人たちだったから。隼也先輩と田中くん。隼也先輩は、女子にすごく人気がある人でした。背が高くて顔もかっこよくて、生徒会とかもやってて、遠い存在の人でした。田中くんは、いい人なんだけどいまいちパッとしない感じの男の子で、はっきり言ってイケてない部類だと思ってました。剣道のことは詳しくなかったんですけど、同じクラスの子に二人の剣道のレベルを訊いたら、雲泥の差だと言われました。勝負するまでもなく、隼也先輩の勝ちだと。でも、田中くんはやる気満々で『絶対に僕が勝つ』って、隼也先輩に宣戦布告したんです」

「ふつう、明らかに負ける試合なんて受けませんよね」

如月さんが苦笑しながら言った。

「でもまあ、あの場はそう言うしかなかったんだと思います――」花織ちゃんが話を続ける。「――それで、一晩考えたんです。どっちが勝ったらあたしは嬉しいのかなって。自然と、隼也先輩の方に気持ちが行ってました。それこそ、みんなが雲泥の差って言うくらいだから、三日後には隼也先輩のカノジョになれるんだって、少し浮かれながら過ごしました。不思議なもので、好きって言われるとそれまでなんとも思ってなかった人のことを意識しちゃうもんですね。教室の窓からグラウンドにいる隼也先輩を目で追ったり、渡り廊下で田中くんとすれ違うときわざと目を逸らしたり。そんな感じで、決戦のときを迎えました」

「おうおう。なんか、盛り上がってきたね」

僕は、そこに参加していた野次馬の気分で言ってみる。

「すごいギャラリーが集まっていて、一大イベントのような盛り上がりで。いくら隼也先輩の方が格上だとしても、田中くんがあれだけ自信満々なわけだから、もしかしたらって考える人もいたみたいなんです。奇跡が起きるんじゃないかって。そしたら案の定、奇跡の結末を迎えることになってしまいました」

「え？　まさか」僕と紫さんの声が重なる。

「田中くんの一撃っていうんですか？　一刀？　『メーン』で一本が決まっちゃったんです。そればかりか、隼也先輩は真後ろに倒れて意識を失って、救急車で運ばれてしまったんです。脳震盪を起こしてたらしくて。あたし、それもなんか信じられなくて。つい、カメラを探しちゃいました。たまにありますよね。一般人にどっきり仕掛けるテレビ番組。それかなって、周りをきょろきょろ。本当は、隼也先輩のこと心配しなきゃいけないんでしょうけど、あまりにもあっけなく終わっちゃったし、なんだか変だなっていう疑念が自分の中にあって。でも、まあ、勝負は勝負だから、正式に田中くんと付き合うってことになったんですよ」

　花織ちゃんは、息つく間もなく捲し立てた。

「隼也先輩は、何日か入院したみたいですけど、命には別条なくてすぐに退院できたと聞きました。おかしいのは、それからなんです」

　如月さんが、僕の方を見て言った。

「おかしいって、それからどうなったの？」

「隼也先輩は、その一件以来学校に来なくなっちゃったんです。夏休みが明けてからも、一度も来てません」

　如月さんは答えると、花織ちゃんの方をチラッと見た。続きをどうぞ、というアシストだろう。

「あたし、心配で隼也先輩と仲のよかった人たちに訊いてみたんですけど、みんなよくわからないって言うんですよね。田中くんは田中くんで、全く連絡をしてこないし。試合に勝った瞬間はすごく喜んでいたのに、それっきりというか。学校で話しかけたら返事くらいしてくれますが、素っ気ないんです。適当にあしらわれているという感じだし。デートにも誘ってこないし、全く積極的じゃないんです。別に、積極的な人が好きってわけでもないんですけど、付き合うってそういうことじゃないだろうって思ったりして。もっと、好き好きって言ってくれるものじゃないのかなとか色々思ったりして、なんかモヤモヤするし。それであたし、そんなに好きじゃなかったのに急に田中くんが気になり出して」

花織ちゃんは、後半もごもごしながら恥ずかしそうに説明した。

「もしかして、田中くんのこと好きになっちゃったとか？」

僕は、身を乗り出して訊く。

「うーん。なんていうか、自分でもよくわからないんです。気にはなりますよ。告白してくれた人なんで。でも、なんだかあたしが片思いしてるような感じでちょっと悔しいというか。夏休みも、忙しいとか言って一度も会ってくれなかったんですよ。そんなの付き合ってるって言えませんよね？」

花織ちゃんは、一気にレモン水をぐいっと飲み干して、「もう、何がなんだかわからないことだらけで」とため息をついた。

確かに、おかしな話ではあるが、思春期の恋愛なんてそんなもんだろうとも思った。勝手に好きになって勝手に好きじゃなくなっていく。熱しやすい反面、冷めるのも早い。しかし、おかしな点はもっと前にあるような気がした。偶然に見えて偶然じゃないところがいくつかありそうだ。

「話の流れはわかったよ。それで、一つ確認したいんだけど、花織ちゃんは田中くんと交際を続けたいの？　それとも、別れて隼也くんと付き合いたいの？」

そこがはっきりしていないと、この話の謎を追っても意味がないような気がした。

「そりゃ、隼也先輩と付き合いたいですよ」

花織ちゃんが、真剣な表情で答える。それを隣で聞いていた如月さんが、驚いたようにかっと目を見開いた。

「なるほど。じゃ、田中くんに別れようって言って、隼也くんと付き合えば丸くおさまるんじゃないの？」

僕は、一番手っ取り早い方法を提案した。

「うーん。まあ、それができればいいんですけど、隼也先輩は学校に来ないし、田中くんは様子が変だし。やっぱり、二人ともあたしのこと好きじゃなかったのかなって。何かのゲームだったのかもしれない」

花織ちゃんは、頬杖をついてため息を漏らす。

「如月さんはどう思う？　というか、この一連の騒動のことをどの程度知っているのかな？」

僕は、〝事実と真実〟の違いを彼女に確かめようと思った。真実は、それぞれの視点で異なる。また、当事者が知らない新たな情報が加わったりすると見え方は違ってくる。

「わたしが知っているのは、隼也先輩が花織に告白したという噂を聞いたところからです」

　如月さんは、口をちょっと尖らせて答える。

「そのことは、いつ誰から聞いたか覚えてる？」

「花織と同じクラスの亜希子ちゃんです。掃除の時間に、うちのクラスに来て言ってました」

　花織ちゃんと如月さんは、同じクラスではない。僕は、整理するように脳内にメモする。

「亜希子ちゃんは、隼也先輩のことが好きだったんです」

　花織ちゃんがぼそっと呟いた。その隣で、如月さんはくいっと眉間に皺を寄せた。

「ねえ、どうして隼也先輩が花織ちゃんに告白したってことを亜希子ちゃんは知ってたのかしら？　花織ちゃんが自分から話したの？」

　紫さんが、質問を投げる。そうだそうだ、そこもおかしいと僕は頷く。

「いえ、まさか。亜希子ちゃんが隼也先輩のこと好きだってことは前から知ってましたから、あたしの口から伝えるなんてしませんよ」

　花織ちゃんが早口で答える。

「じゃあ、誰が亜希子ちゃんにそのことを伝えたのかしら？」

「それは、由奈だと思います」

　紫さんが訊いて、花織ちゃんが答える。

なんだか、とてつもなく複雑に糸が絡んでいるような気がしてきた。これから、登場人物がどんどん増えていきそうだ。

「どうして、由奈ちゃんだと思うの？」

紫さんは、真実に迫る取調官のようだ。

「由奈は、あたしの親友なんです。一番仲がいい子。だから、隼也先輩に呼び出されたとき、途中までついてきてもらいました。告白されるところも、こっそり隠れて見てました。隼也先輩には見つからないように」

「ちょっと待って。由奈ちゃんは、なんでそれをわざわざ亜希子ちゃんに伝えちゃったのかしら？　だって、そんなこと聞かされたら亜希子ちゃんはもちろん傷つくし、花織ちゃんとの関係だって悪くなるかもしれないのに」

紫さんが鋭く問う。女子同士のなんだかんだは、紫さんに任せた方がよさそうだと僕は見守る態勢に入った。

「由奈ってそういう子なんです。空気が読めないというか、あえて読まない。陰口とかも言わないし、正直でまっすぐで思ったことはなんでも言う。だからみんなに好かれてるし、あたしも好きなんです。悪気なんて全然なかったと思います。隠しててもいつかバレるだろうから、亜希子ちゃんに伝えたんだと思います」

「ふーん」紫さんは、口をちょっと尖らせて言う。

いまいち、納得がいってない感じだ。花織ちゃんの話を聞く限り、由奈ちゃんはとてもいい子に思える。だけど、それは花織ちゃんから由奈ちゃんを見た場合による。他の子から見たらまた違う意見が出てくるはずだ。人間関係とはそういうものだし、特に女子高生なんていう生き物は、僕が思っている以上に複雑な感情が蠢いているのではないだろうか。

「ちょっと待って。あなたたちは、どんなアレなの？　仲良しなのよね？」

またまた、紫さんが質問を投げる。親友ではないならなんなのだ？　とでも訊きたいのだろう。

「小学校からの友達です」

二人の声が重なる。とても仲よさそうに見えるのに、親友ではないらしい。

友達の種類やランク分けがあるのかわからないが、あの子は親友でこの子はただの友達っていうのをサバサバ言えちゃうのがすごいなと思った。女子同士ではふつうのことなのだろうか。

「わかったわ」

紫さんは、納得したのか話を先に進めるために呑み込んだのか、それ以上そのことを聞き出そうとしなかった。

「じゃ、整理すると、告白の現場に居合わせた由奈ちゃんが、隼也くんのことを好きな亜希子ちゃんに話した。そして、亜希子ちゃんはそのことを如月さんに話したってことでいいかな」

僕は、いつしかまとめ役になっていた。

「うーん。正確に言うと、亜希子ちゃんが一人でわあわあ騒いで、うちのクラスの隼也先輩ファンの子たちに話しているのをわたしがたまたま聞いちゃったって感じです。亜希子ちゃんがわたしに直接言ってきたわけではありません。だって、わたしと亜希子ちゃんは、友達ではないし」

如月さんが説明する。隼也先輩のモテモテぶりに、僕はただ驚いていた。

「で、如月さんは、田中くんが告白したところは見たの？」

僕は、進行役だ。さっさと話を進める。

気になった点は、紫さんが突っ込んでいく。兄貴は、腕組みをしたままずっと黙って聞いている。

「いえ、見てません。あの日の放課後、クラスの子に誘われたんです。武道場がなんかすごいことになってるよって。それで、のぞいてみることにしました。何があったのかはいまいちよくわかってませんでした。その場にいた野次馬の一人に訊いたら、田中くんが花織に告白したらしいよって教えられてて。花織と田中くんがみんなに囲まれてて、わいわい騒がしくて、その中に隼也先輩もいて……」

如月さんが、一つ一つ思い出しながら丁寧に説明してくれた。

「つまり、田中くんが告白したあとの場面から見ていたってことなんだね」

僕は、要点をまとめて言う。誰か、ホワイトボードを持ってきて登場人物と時系列を書き出してほしいものだ。

「はい」

「それで、そのあとどうなったんだっけ？」

「隼也先輩が、おまえ何言ってるんだよ、バカじゃねぇの？　ふざけてんのか？　みたいな感じで田中くんの肩を小突いたんです」

おっと、花織ちゃんの説明にはなかったことが如月さんによって足されていく。

「ってことは、田中くんは隼也くんに事前に仁義をきらなかったってことね？」

仁義ってなんだよ、と僕は突っ込みたくなるのを抑えた。

「そうだと思います」如月さんが頷く。

「それからそれから？」

紫さんは、人差し指と親指をL字にして顎に持っていくと、前のめりになって訊いている。探偵役が板についてきた感じがする。

「隼也先輩が田中くんに詰め寄って肩を小突いて、一瞬周りがシーンッとなったんですけど、また二人を煽るように野次馬が騒ぎ出しました。それから、顧問の先生まで出てきちゃって、だったら『剣道の試合で決めればいいじゃないか』ってことになったんですよ。

試合は、三日後にしようってことで話が一旦まとまって、みんな解散というか、わたしたちも帰りました」

　如月さんは、弟くんの話をするときより落ち着いた口調だった。

「ねえ、こうは考えられないかしら？」

　紫さんが、早々に推理を披露し始めた。僕はまだ気になる点がいくつかあったが、紫さんの意見を聞こうとぐっと口をつぐんだ。

「隼也くんのことが好きな子は、たくさんいたのよね。亜希子ちゃん以外にも」

「はい」

「ということは、その中の誰かが画策したとは考えられない？　花織ちゃんには悪いけど、女子同士って男が絡むとドロドロしちゃうもんでしょう。どうしても二人をくっつけたくなかった子がいるのよ。どうにかして時間稼ぎをしたかったたんじゃないかしら？　三日という期間の間に、隼也くんを自分のものにしようと考えた。だって、花織ちゃんが翌日にOK出すかもしれないのよ。田中くんは、きっと、その子に雇われたんだわ。何かしらの報酬をもらう代わりに、花織ちゃんに告白をさせられた。だから、試合に勝って付き合えることになっても素っ気なかったというわけ。おそらく、花織ちゃんの知らない間に、誰かが隼也くんに告白をした。それも、かなり強引な方法で。雲泥の差、と言われた勝負に隼也くんが負けたのもそれで理由がつくでしょ？　彼は、最初から負ける気だったのよ。

すでに、別の子と付き合ってるんだから勝つわけにはいかなかった」

紫さんは、自信満々に言ったけど、どこか引っかかりを覚えた。辻褄が合っているようで合っていない。

「すみません。好きな人がいるのに、他の人に告白されて、はいそうですかってすぐに気持ちを変えられるものでしょうか？」

僕は、恐る恐る訊いてみる。

「いや、ふつうはないわよ。でも、物凄く強引な方法で迫ったのよ」

紫さんは、ちょっと頬を赤らめて言う。

「それに、わざと負けるにしても脳震盪起こして救急車で運ばれるって、よっぽどじゃないですか？　そんなことする必要ってありますかね」

「演出よ。そこまで派手にやった方が、周りも盛り上がるだろうし、田中くんにも花を持たせてあげられるっていう隼也くんの優しさじゃないかしら……」

紫さんは、だんだん自信がなくなってきたのか声が小さくなる。

「一番気になるのは隼也くんの不登校です。この大事な時期に学校を休むでしょうか。高校三年生ですよ」

僕は、あまり紫さんを責めるようには言いたくなかったが、つい語気を強めてしまった。

「そうよね」紫さんは、降参したように項垂れる。

「えっと、一つ言い忘れたことがあります」

花織ちゃんが小さく右手を上げて言う。

「何？」

「田中くん、その試合で勝った後、すぐに部活を止めたらしいんです」

「なんでだろ。ふつうなら、自信がついてさらに部活をがんばろうってなるはずなのに」

僕は、ぼそっと呟く。そのとき、兄貴と目が合った。何か、重要なポイントだったのだろうか。

全員で、声を揃えたように、うーんと唸る。しばらく、店に沈黙が流れた。

「あのっ――」と、如月さんが声を上げた。

「――わたし、花織から全部を聞いて、なんか変だなぁと思って、剣道部の男子に色々訊いて回ったんです。今日、ここに相談しに来るって決めてからも、色々と情報を集めてきました」

如月さんは、花織ちゃんの知らない事実を知っている。ただ、謎の真相には行きついていない。だから、ここへ来てはっきりさせたいと考えたのだろう。弟の相談に来たときより落ち着いているのは、興味がないからではない。冷静に物事を考えられるからだ。身内の問題とはまた別ってところかな。女子高生の心理を推測するのはちょっと難しい。

「あの日、剣道部の三年生の様子がおかしかったって言ってる子がいました」

「おかしいってどんなふうに？　詳しく教えて」

やっと、兄貴が喋った。今まで頭の中で少しずつ糸を解(ほど)いて整理していたのだろう。兄貴のやり方はいつもそうだ。スマートで鮮やか。

「隼也先輩を入れた何人かが、当日の昼休みに武道場を閉め切って練習してたって。隼也先輩が勝つってわかってる試合なのに、なんでだろうって。武道場は、剣道部の部員だったら誰でも開けられるそうなので、自由に出入りができたと思います」

当日の昼休みに練習するのは、特におかしな行動とは思えない。いくら、格下の後輩相手とはいえ念には念をと考えたのかもしれない。

「他に、何かいつもと違うと感じたことなかった？」兄貴が訊く。

「あ！　自販機が全部故障中になってました」今度は、花織ちゃんが答えた。

「ちなみに、その日の天気はどんな感じだった？　雨が降ってたとか、晴れてたとか」

「ものすっごく暑い日だったと思います。お弁当を持ってくる子は一緒に水筒も持参しますが、それ以外の子はコンビニか学校の自販機で飲み物を買います。あの日、自販機が故障中だったから、みんなでコンビニに走った記憶があります」

「なるほど。その日、隼也くんは体育の授業があったか覚えてる？　花織ちゃん、グラウンド見てたって言ってたよね」

兄貴は、紫さんとは全然違う切り口で質問をする。

「あ、ありました。サッカーをしてるのを見ました」

「それは、何時間目くらい？　そのときの様子とか覚えてる？」

「たぶん、二時間目か三時間目くらいだったと思います。隼也先輩は、球技も得意なので活躍してました。ゴール決めたりして、かっこよかったです」

兄貴がうんうんと頷き、こめかみをトントンと叩く。僕の方をちらりと見ながら。

「え？」と間抜けに首を捻る。僕は、この謎のポイントがどこなのか、さっぱりわからない。

「他に、何かなかったかな？　試合の日の前後で変わったこと。例えば、隼也くんが誰かとケンカしてたとか」

「あ、剣道部の子から聞いたんですけど、隼也先輩と顧問が何か言い争ってるのを見たって」

「なるほどね」

兄貴は、笑みを浮かべる。糸が全部解けたというのか？

「最後に一つ確認したいことがある。花織ちゃんが田中くんから告白された後の場面をよく思い出してほしいんだ。誰が、『剣道の試合で決めればいいじゃないか』と言ったのかな？」

誰が？　それは、そんなに重要なことなのか？　野次馬のうちの誰かがノリで言い出したことではないのか。

「顧問の権藤先生です」

如月さんが言った。冷静にその場を見ていた彼女が言うから間違いないだろう。

「その権藤先生って、どんな先生なの？」

「怖い体育教師。鬼ですよ鬼。口答えなんか誰もできないくらいに。剣道部の練習だって、死ぬほどきついことで有名でしたから」

「そうか。やっぱりね」

兄貴は言う。

「どういうことだよ。なにがやっぱりなのか、さっぱりわからないよ」

やっぱりさっぱり、と自分で言いながら苦笑する。

「この一連の騒ぎを裏で操っていた黒幕だよ。といっても、最初からというわけではない。どうにか相手にダメージを与えたいと狙っていたところに起きた偶然の産物に便乗したってところかな」

「はあ？　余計わからないよ」

僕は、自分の推理が全く追いついていないことにイラついていた。

「権藤先生は、隼也くんと田中くんにどうしても剣道の試合をさせたかったんだよ」

「なんで？」

如月さん、花織ちゃん、紫さんが声を揃えて言う。わかっていないのは僕だけではない。

「ちなみに、三日後と指定したのも権藤先生だったんじゃない？」

「そうです。あの騒がしい武道場を先生が一人でおさめたんですよ」如月さんが答えた。

「あ、『声の一番でかいやつが発言権を得る』ｂｙマーフィーの法則」

紫さんが言う。

兄貴は、両方の人差し指を紫さんにぴゅいっと向ける。

ナイス、のサインだ。

「権藤先生がなんで、二人に試合させなきゃいけなかったんだよ。力は雲泥の差だったんだろ。する必要ないだろ。たった三日、田中くんを特訓したところで勝てるはずもない」

僕は、兄貴の推理が間違ってるんじゃないかと指摘する。

「『起こる可能性のあることは、いつか実際に起こる』」

兄貴は、お決まりのセリフを吐くと推理を続けた。

「三日後でも一週間後でもよかったのかもしれない。ただ、告白したその日、というわけにはいかなかったんだよ。準備が必要だったんだ。雲泥の差を埋めるための準備だよ。世間ではそれをイカサマと呼ぶ――」兄貴は、自信満々に言った。

「――まず、隼也くんが花織ちゃんに告白したという点、これだけは嘘偽りないと思う。彼は、本当に花織ちゃんのことが好きだったんだろう。権藤先生がどういうルートでそのことを知ったのかはわからないが、それだけ学校中で噂になっていたのなら、剣道部の顧問である権藤先生の耳に入っても不思議ではない。部活の直前だったかもしれないし、五時間目と六時間目の間だったかもしれない。そのことを知った権藤先生は、田中くんを買収した。おそらく、田中くんはそれより前から部活を止めたいと申し出ていたんだろう。だけど、権藤先生はなかなか止めさせてくれなかった。そこで、田中くんに言うわけだよ。『部活をどうしても止めたいなら、花織ちゃんに告白しろ』ってね。

三日後、権藤先生は自販機に故障中という張り紙をする。そして、思いっきり体育の授業で体力を消耗させる。それから、三年生の部員に、隼也くんを昼休み武道場に誘うよう頼む。中で何をしてたかは問題ではない。とにかく、隼也くんが学校の外に出ないようにしたかった。飲み物を買いに行かせたくなかったんだ。もし、隼也くんが水筒持参者であれば、隠したりもしたかもしれない。そして、彼を脱水状態にして試合の場に立たせたかった。彼が脳震盪を起こして救急車で運ばれたのはそれが原因だ。雲泥の差を〝水〟で埋めたんだ。姑息な手段だけどな」

「なるほど。で、隼也くんの不登校の理由は？」

僕が訊いた。

「誰だって大勢の人の前で、恥をかくのは嫌だ。年下で格下の後輩に負けたという事実が耐えられなかった。しかも、好きな女の子をめぐる戦いでだ。かなり、傷ついたんだろう。

これが、権藤先生の狙いだ。隼也くんと権藤先生が言い争っていたという目撃情報があったね。隼也くんは、権藤先生の弱み、もしくは秘密を知ってしまったんだ。とても、人には言えない悪いこと。それを注意した。権藤先生は、激高した。こんなところじゃないかな」

「どうして、隼也くんは権藤先生の秘密を密告しなかったんだろう。それが何かわからないけど、もし重大な不正とか、法に触れるようなことだったら、他の先生に相談するとかできたと思うんだ」

僕は、食らいつくように言う。

「言えなかったんだよ。それを公にされて困るのは、権藤先生だけじゃない。きっと、隼也くんも困ることだったんだ。剣道部っていうのは、夏休みにも大事な試合があるよね？　玉竜旗。三年生だったら、大学推薦とかにも大きくかかわってくるのかもしれない。顧問が問題を起こして騒がれるのは嫌だったんだ。だから、隼也くんは誰にも言わなかった」

そこまで聞いて、ようやく全てが繋がった。

「あたし、どうしよう」

花織ちゃんが、泣きそうな声で言う。

「これから、隼也先輩ん家、行ってみようか」

如月さんが、花織ちゃんの肩にそっと手を置いて優しく言った。

それからのことは、如月さんが店に来て教えてくれた。

隼人くんは、花織ちゃんから全て（兄貴の推理）を聞き、自分が試合で負けた原因が権藤先生によるものだと知り、ショックと悔しさで泣きくずれたらしい。彼が知った時点で、夏の大会はすでに終わっていたからだ。

その後、隼也くんは、部員に迷惑をかけるかもしれないことも、学校の名誉を傷つけるかもしれないことも覚悟の上で権藤先生の悪事を世間に暴露した。

僕たちは、その内容をニュースで知ることになる。

『淫行／盗撮』の文字に愕然とした。

連日、ワイドショーなどで彼女たちの高校が取り上げられている。

せめてもの救いは、隼也くんと花織ちゃんが無事に交際をスタートさせたことだ。

そのことを如月さんは、唇を噛みしめ少しうつむき加減に言った。

もしかしたら、如月さんは隼也くんのことを……。という思いは僕の胸だけに仕舞っておこうと思う。

最終章　傘を置き忘れる確率は傘の値段による

夏の気配が消えてゆく。

それはゆっくりと、でも確かになくなっていく。濃厚な空気の塊が空に戻っていくみたいに。ふいに、もう会えなくなる予感がした。僕は、何かをつかみ損ねたような気がして手を伸ばす。カレンダーは、すでに九月。まだまだ暑い日が続いているけど、夏の終わりを告げていた。

昼下がり。黒い塊と共に紫さんが入ってくる。

僕は、ほっとしながらも心のどこかで焦っていた。なぜ、遊覧船乗り場で彼女が泣いていたのか。その理由を知りたい。

兄貴は、放っておけと言った。

たぶん、それが正しいのだと思う。

海沿いの小さなカフェの店主としてなら。

だけど、僕は違う。

——紫さん、どうしてあなたはこの町に来たんですか？

彼女は、僕の脳内を読み取るかのように小さく微笑むと、いつものルーティンを止め、カウンターの端に座った。隣の椅子に座っていたマーフィーを撫でながら、遠い目をして言う。

「私ね、明日、帰ろうと思うの」

「え？」

当たってほしくない予感ほど当たるものだ。確か、『マーフィーの法則』にもそんなことが書いてあったような気がする。

いや、彼女がこの町を去ることなんて最初からわかっていたことだ。帰る場所があるから、みんなここへやってくるのだ。

それなのに僕は、彼女を引き留める術を必死に探している。

「こんなに長くいるつもりはなかったんだけど」

柔和な笑みの奥で彼女の瞳が揺れていた。

「もう少しだけいることは……」

「ううん。きっともう見つからないから」

「何が？」

僕の質問に紫さんは首を振る。

もう見つからないとはどういうことだろう。この町に、誰かを捜しに来たのか？

人捜しであれば、僕たちに訊ねたはずだ。顔写真でも見せて、この人知りませんか？

と。だけど、彼女が見せた写真にそれは含まれていなかった。

いや、と初めて会った日のことを思い出す。

紫さんが兄貴にスマホの写真を見せているとき、僕は無理やり見ようとして椅子に足をぶつけてしまった。もしかしたら、兄貴は見ているのかもしれない。

何かを察して、黙っていたとしたら……。

そのとき、ふと思い出した。紫さんは、僕に訊いたことがある。

『ナルくんって、お客さんの顔とか特徴とか覚えてる方？』

もしあのとき、僕が「覚えてる方」だと答えていたら、紫さんは顔写真でも見せて訊ねてきただろうか？

頭の中では、ぐるぐると様々な思考が巡っていた。

そこへ、紺色のブレザーを着た少女が玄関から入ってきた。ツインテールに赤い大きなボンボンをつけて、栗色の髪を靡かせながら。

驚いたマーフィーが椅子を駆け下り、籠にジャンプした。

「マホちゃん？」

僕の言葉をすり抜けて、少女は厨房に入っていく。

「お父さん」

「よく来たな」

むぎゅーっと二人は抱き合う。

破顔とは、こういう表情を言うのだろう。兄貴の顔は、とろとろに溶けまくっている。砂糖の上に練乳をかけて食べるくらいに甘い笑顔。

マホちゃんが振り向いた。

「成留兄ちゃん、久しぶり」

はて、会うのはいつぶりだろう。おそらく、二年近くは会っていないんじゃないだろうか。ずいぶん成長したな、と改めて思う。

「一人で来たの？　学校は？」

「お母さんに送ってもらった。今日は、学校が午前中で終わったから」

兄貴は、冷蔵庫を開け、奥の方から何か取り出そうとしている。

「へー。宿題は？」

「帰ってからする」

めんどくさそうに言うと、ぷいっと視線を外した。

「こんにちは」

紫さんが、会釈する。

「あ、こんにちは」

ペコッと頭を下げ、笑みを返す。マホちゃんの笑顔は兄貴と瓜二つだ。

「可愛いわね」紫さんが言う。

「ありがとうございます」

マホちゃんは、控えめに礼を言った。このくらいの年頃特有の照れたような視線を紫さんに向けながら。

「成留兄ちゃん、学校は？」マホちゃんの反撃が始まった。

「大学はまだ夏休みだよ」

「ふーん」

ちょっと生意気な口ぶりに拍車がかかっているのは気のせいだろうか。姪っ子というよりは、自分の妹のような感覚だ。

「よし、マホ待ってろ」

「うん」

きゅっと口角を上げて、目を輝かせた。

「何、作ってもらうの？」

紫さんが訊く。

「おっきいパンケーキ」

マホちゃんは、カウンターに座りながら言った。大きく見開かれた目が兄貴に向けられている。

厨房から、ぶーんというハンドミキサーの音が鳴り響く。

マホちゃんが、うわっと嬉しそうな声を上げる。

紫さんがそれを見守るように頬杖をつく。

僕は、店内をうろつきながら、涙の訳を訊くタイミングを見計らっていた。

常連客には、決まっているものが三つある。
一、来店時間
二、注文するもの
三、座る場所
「お取り込み中すみません。俺の話を聞いてもらえませんか」

僕がカツオくんと名付けた常連客だった。

「はあ……」僕は、曖昧に返事をする。

その男は、いつも平日の昼に一人で来て、カツレツ三種盛りを頼み、入り口右手の角席に座る。ボリュームたっぷりの一皿を特盛ライスと共にぺろっと平らげる姿は圧巻だ。

肌艶の感じからすると、歳は二十代半ばくらいか。Tシャツにジーンズにビーチサンダルといったラフな格好でやってきて、ランチを済ませると本棚から好きな本を選び、三時くらいまで読みふけっている。僕たちに話しかけてくることはない。おとなしい印象だ。

浅黒い肌に長身痩躯。伊達メガネ風の丸眼鏡がオシャレな感じもするが、見ようによっては嫌味な感じもする。平日の昼間にランチして読書なんて、いったいどんな仕事をしたらこんな優雅な生活が送れるのだろう。

「ちょっとした噂になってるんですよ。凄腕の兄弟探偵がいるってね」

彼は瞳を輝かせて唾を飛ばす。空気が読めない人とは、こういう人のことを言うのだろう。僕がシリアスな表情で紫さんを見つめているまさにそのときだったから驚いた。

「うちは、ただのカフェですよ」

僕は早口で答える。

「いえいえ。俺は、いつも見てましたから。あなたたちの活躍を」

噂ではなく、この男が単に言いふらしているだけではないだろうかと思った。

「兄弟探偵って、やっぱりいいわね」紫さんがぼそっと呟いて微笑む。

「また、今度にしてもらえませんか」僕は笑顔で返した。

彼は、ややムッとした顔で睨んでいる。どこまで空気の読めない男だろう。

「今日は、勢ぞろいですね。こんな偶然はなかなかない。できれば、皆さんに推理していただきたい。とっておきの謎を持ってきましたから」

彼は、早口で説明すると不揃いの歯をもろに出してニッと笑った。

紫さんもマホちゃんもきょとんとしている。

「とっておきの謎を持ち込まれても、うちは探偵事務所ではないのでね」

やんわりと、断ってみた。

「そう言わずにさ。人助けだと思って頼みますよー」

彼は、手を合わせながら懇願する。

僕は、思わず吹き出してしまった。案外、空気は読めない方が幸せなのかもしれない。

「そこまで仰るなら、お話を聞いてさしあげましょう」

紫さんは意気揚々と答えると、「では、まずはお名前を。それから、軽く自己紹介をお願いします」と彼に言った。なんだか、慣れた口ぶりがおかしかった。まるで、本物の受付嬢のような軽快さだ。

「俺の名前は、平永廉（ひらながれん）といいます。二十五歳。印刷工場で働いています。午前中のみのシフトなんで、昼間はここでお世話になってます。いいですね、ここは。俺の好きな本がたくさんある。それに、なにより飯が旨い。雰囲気もいいし」

こちらを褒める術を知っているところを見ると、悪い人ではないのだろう。

「それで、とっておきの謎というのは？」

僕と紫さんの声が重なった。

「すみません。謎というか、相談事です」

平永は、眉をへの字にして申し訳なさそうに喋り出した。

「同じ職場に、好きな女性がいるんです。俺、人に話しかけるのはあんまり得意な方じゃないんですけど、その人は特別っていうか、なんか話してみたいなって思ったんです。というのも、偶然、俺と同じ本を持ってたんですよ。『それ、好きなの？』って訊いたら、一番好きな作家が三島由紀夫って答えたんです。俺、そのときめちゃくちゃ興奮しました。なかなかいないですよ。今どき、読書が趣味っていう人も珍しいというか、今まで俺の周りにはそういう人いなかったから、勝手に運命感じてしまって。一見、おとなしそうなんだけど話すとすごく朗らかで、知的で、俺の知らないことをなんでも教えてくれるから、歩くグーグルなんて呼んでます。あ、名前は潮田マリンさんといいます。マリンさんは、一つ年下だけどしっかりしてて、仕事もめちゃくちゃできるんです。言っちゃ悪いけど、なんでこんな人が印刷工場のバイトなんかしてるんだろうって不思議なくらいで。本人は隠してますが、ちょっと前まで大手企業に勤めてたらしいんですよ。でも、そういうのをひけらかさないというか、とにかく、最高にいい子なんです。それにすごく気が利いて……」唾をまき散らしながら、平永は喋り続ける。

「ええと、彼女の紹介はもうその辺で大丈夫です。素敵な人だってことは十分伝わってきましたから。その先をお話しいただけないでしょうか」

　僕は、彼のマシンガントークを遮るように言った。

「成留兄ちゃん、最後までちゃんと聞きなよ」マホちゃんが言う。

「そうよ、ねえ？」紫さんが同調する。

「どこに、ヒントが隠れてるかわかんないのに」

「うんうん」

　二人は、視線を絡ませ微笑み合った。

　いつの間にか、紫さんとマホちゃんが意気投合している。

「だってさ……」これ以上黙って聞いていたら、好きな女性の好きなところを延々と喋り続けそうな勢いだったのだ。

「マリンさんとは、何度かデートもしましたし、けっこういい感じというか、向こうも俺のこと好きっぽいなって雰囲気はあって。そろそろ告白したいなって思ってるところでした。でも、俺、前のカノジョに二股されてたことがあって、次こそは騙されたくないなって思って、つい……」

　平永は、急に歯切れが悪くなる。

「つい、どうされたんですか？」紫さんが訊いた。

「引かないで、聞いてくださいね」平永は、念を押すように言う。

「いつも、アパートの前までは送らせてくれるんですけど、絶対中には入れてくれないんですよ。うちには、何回か遊びに来たことはあるんですけどね。なんでかなと思って、彼女のアパートをこっそり観察してみることにしました。誰か出入りしてる男がいないかベランダをのぞいてみたり、郵便受けをのぞいてみたり」

「うーん。それは、何かしらの犯罪にあたるのでは？　まさか、郵便物を持って帰ったりはしてないですよね？」

郵便物を取り出す目的であれば、窃盗未遂罪が成立する。また、郵便受けの場所が住居もしくは邸宅の敷地内であれば、住居侵入罪・建造物侵入罪になる。

「いえ、盗んだりそんなことはしてません。ただ、こっそり隙間からのぞいてみただけです」

家を観察したり郵便受けをのぞいたり。本人に多少の罪悪感はあるものの、ややストーカー体質なところが気になる。一途で情熱的な人と、粘着質でしつこい人は紙一重だ。

「それで、何かを見つけてしまったんですね？」

僕は、先を急ぐように訊いた。

「はい。アパートのベランダに、男物の下着が干されていて――」

「それはですね、フェイクですよ。一人暮らしの女性がよくやる手法です。男性が一緒に住んでいる、というアピールを周囲にすることで防犯対策になりますから」

僕は早口で答える。

平永は、話を途中で遮られて不愉快そうに眉をひそめた。

「しー。成留兄ちゃん、話をちゃんと最後まで聞かなきゃ」

マホちゃんが、僕に向かって人差し指を向ける。

「あー、はいはい」

「すみません。詳細に伝えたい性格なんで、余計な描写が入るのはご容赦ください。俺も、洗濯物の中に男物の下着が入っていることは特に不思議なことだとは思いませんでした。そういう防犯対策があるのも知っていたので。でも、最初はそう思ってたんですけど、やっぱり男がいるんじゃないかなって思うことがありまして」

平永は、一気に喋ると呼吸を整えた。

「どんな？」

紫さんが訊く。

「郵便受けに、男性名義の郵便物が入っていたことです。毎月、だいたい同じ日に入ってるんです。二センチくらいの分厚さで、大きさはＢ６くらいですかね。たぶん、本だとは思うんですけど、なんで男性名義なのかなって」

「ちなみに、平永さんが郵便受けをのぞいているのはどのくらいの期間？」

「もう、三ヶ月近くになります」

「それは、やばいっすね」

僕は、止めた方がいいという意味で言ったのだが、平永は全く気にしていないようだ。

「以前、住んでた人が住所変更してないのかなって考えたんですけど、そのアパートは新築だからそれはありえないんですよ。マリンさんは、彼氏はいないと言ってました。でも、それは嘘で本当はいるのかもしれない。同棲してる彼氏と本当は別れたいけど別れられなくて苦しんでるのかもしれない。いや、もしかしたら俺とその彼氏を二股しようとしてるのかもしれないとか色々考えてたら、なんかもう俺おかしくなりそうで……」

平永は、急に乙女のような口調で声を震わせる。

僕は、彼の言ったことを反芻してみた。

一人暮らしの女性宅に定期的に送られてくる男性名義の郵便物。彼氏はいない。

「マリンさんは、コンサートとかよく行かれる方ですか？」

僕が訊いた。名誉挽回とばかりに声を張り上げる。

「ああ、こないだアイドルのコンサートに友達と行ってきたって言ってました」

「やっぱりそうか」

僕は、うんうんと頷(うなず)きながらほくそ笑む。これまでの復習を兼ねて応用問題を解いている感じだった。

「え？　やっぱりって何が？」

平永が体を前のめりにして訊いてくる。

「名義貸しというのを聞いたことありませんか？」

「借金か何かの話でしょうか」平永が深刻な顔をする。

「いえいえ。毎月届く謎の本は、会報誌ってやつでしょう」

「カイホウシってなんですか？」

「ファンクラブの会報誌です。マリンさんは、おそらくアイドルの熱烈なファンなんですよ。それも、かなり人気のアイドル。入手困難なチケットを手に入れるためには、いくつもの名義が必要です。だから、自分名義の他に男性名義でファンクラブに入会しているんだと思われます。男性アイドルの場合、男性ファンは少ないですから男性名義の方が当たりやすいという説もありますからね」

僕が説明すると、平永はむすっとした顔で僕を見てきた。

「でも、俺がそのアイドル好きなのって訊いたら、友達に頼まれてついていっただけって言ってたんだけどな」

「アイドルが好きってことを人に知られたくないって人もいますからね」

僕は、自分の答えを押し切ろうと必死だった。

「あの、ちょっといいかしら」

紫さんが、右手を上げた。

「何か？」

「その送られてくる本は一冊？　マリンさん名義のものは入ってましたか？」

「男性名義のその本だけです」

「じゃ、ファンクラブ関連のものではないわ」

紫さんが僕の方をチラッと見て言った。

う、と僕は言葉を詰まらせる。解決を急ぎすぎて推理をミスってしまった。

「その、男性名義を覚えてますか？」

「アイジマアキオって読むのか、イトシマアキオって読むのかわからないけど、そういう名前でした。愛の島にカタカナでアキオ」

「なるほど。やっぱりね」

紫さんは、僕の顔をチラッと見て言う。

「どういうことっすか？」

「平永さんは、マリンさんがどうして印刷会社のバイトなんかしてるんだろうって言ってましたが、平永さん自身はどうなんでしょうか。どうして、その仕事を選んだんでしょう？」

「それは、俺の生活スタイルにちょうどよかったからです。土日祝日は完全に休みで、朝八時から十二時までの四時間で一日八千円。生活はギリギリですけど、夢のためにはしょうがないです」

「もし差し支えなければ、その夢が何か教えていただけないでしょうか」

「いやいや、そんな語るほどのものではないですよ」

さっきまでの勢いが急になくなる。

「私の記憶が正しければ、平永さんは、いつもカツレツ三種盛りを召し上がりますよね」

「あ、はい」

よく、見てるなと感心した。確かに、平永はいつもカツレツ三種盛りを注文する。だから、僕はカツオくんと呼んでいた。

ビーフカツレツ、ポークカツレツ、チキンカツレツがそれぞれ柱となって綺麗な山を作るように盛られている。バランスよくそれぞれが支え合っていて、一切れでも取ったらすぐに山は崩れてしまう。三つの柱をまとめるように、真ん中に目玉焼きが載っていて、黄金に輝く黄身が食欲をそそる。人気ランチの一つだ。

「ゲン担ぎにカツを食べる人っていますよね。もしかして、平永さんもそういうのを大事にする人なんじゃないでしょうか？　夢を実現させるための願掛けみたいな感じでカツレツを食べてらしたんじゃないかなって」

「実は、小説家を目指してるんです。新人賞に応募してる最中でして、カツレツはゲン担ぎのためもありますけど、単純に美味しくて好きだから」

　平永は、ボソッと呟くように答えた。不安や自信のなさから来るものなのだろう。僕は、夢があるだけまだいいなと思った。

「小説家か。なるほどね。そのことを、マリンさんに話したことはありますか？」

「はい。彼女は、大変だけどがんばってねと言ってくれました。そのことが何か？」

　平永は、紫さんの推理をじっと待つ。僕は、兄貴の顔をチラッと見た。こっちの話が聞こえてないわけではなさそうだが、じっとオーブンと睨めっこしている。

「おそらくマリンさんは、プロの小説家なんだと思います。有名か無名かは私には判断がつきませんが、あなたが知らなくても不思議ではありません。一年間で百人以上の新人作家が誕生し、数年後にはほとんどの人が消えていくような世界だと聞いたことがあります。なかなか、筆一本で食べていくのは難しい。マリンさんは、兼業作家をされているのでしょう。あなたと同様に、印刷会社は彼女の生活スタイルに合っていた。あなたを部屋に入れたくなかったのは、単に散らかっていただけかもしれないし、仕事関連のものを見られるのが嫌だったのかもしれません。郵便物の送り主は、おそらく出版関係者。毎月同じ日に送られてくるということから推測すると、彼女が連載している本が入っているのでは？愛島アキオは彼女のペンネームでしょう。女性作家が男性のような名前をつけることはよくあります。彼女が覆面作家として活動しているのなら、人には絶対に話さないでしょうし、ネットで調べても顔写真などは出てきません。それに、彼女も三島由紀夫がお好きなんですよね？　なんとなく似てるでしょう。アイジマアキオとミシマユキオ。マリンさんは、あなたが小説家志望だと知って、自分がプロの小説家であることを言えなくなったんじゃないでしょうか。『大変だけどがんばってね』に、彼女の思いが込められているような気がします。経験がなくては言えないひとことです」

紫さんはさらりと謎を解くと、ちょっと嬉しそうに頬を揺らした。

「え、彼女がプロの小説家……」驚きと焦りの入り交じったような表情だ。

「平永さんが、ややストーカー気味なのは感心できませんけど、純粋にマリンさんのことを思っているのならそっとしておいてあげたらいかがでしょう。いつか、彼女から打ち明けてくれるかもしれません。それが待てないのなら、彼女の作品を読んで一番の理解者になってあげるとよいと思います。さりげなく、言ってみてください。俺は、この作家のファンなんだって。あくまでも、さりげなくです。芸術家は、才能を褒められるととても喜びます。容姿や人間性を褒められるより嬉しいと言う人だっています。あ、でも、嘘はいけません。上辺の嘘はバレますから」

紫さんは、あっさり解決してしまうと、「そろそろ、パンケーキが焼けるころかしら？」と兄貴の方に視線をやった。

きっと、自分の推理が合っているか、答えを聞きたいのだろう。

「さあ、マホ、できたよ。おまえの好きなフルーツがいっぱい載ってるよ」

兄貴は、綺麗にカットされたフルーツと生クリームをこれでもかとデコレーションしたパンケーキをカウンターに載せた。幾重にも重なったそれは、高く高く塔のように積まれている。

マホちゃんの頬がピンクに染まる。

「すっげー」

僕は、思わず心の声が漏れる。こんなに力の入った料理は初めてだ。

「美味しそう」

「紫ちゃんの分もあるよ」

「え！　嬉しい」

「謎解き、お見事でした」

兄貴のいつものキラースマイルが飛ぶ。

店の温度が一気に上がったように、暖かくなる。

二人の幸せそうな顔を見つめながら、平永は帰っていった。

「この店で起きた奇跡を物語にしますから」なんて言いながら。

ゆっくりと時間が流れる。夏の終わりの昼下がり。

もう二度とこんな日は来ないかもしれない。だけど、センチメンタルな気分に浸っている場合ではない。

気付けば、三時を過ぎていた。店内に客は誰一人いない。

「紫さん、なんで気付いたんですか？　僕の名義貸しの推理もなかなか悪くないと思ったんだけどな」

「男性だけど女性のような名前で活動してる芸術家を知っていたからよ」

紫さんは、伏し目がちに答えた。ちょっと自慢げで、ちょっと寂しそうな表情。もしかして、という予感に襲われた。

「それが紫さんの〝本当に欲しいものは手に入らない〟人ですか？」

「え……」

紫さんは、はっと目を見開き口をつぐんだ。

「このないだ、遊覧船乗り場で泣いてたのはやっぱり……。この町に来たのもその人と何か関係があるんじゃないですか？」

時間がないことに、焦っていた。紫さんがいなくなってしまう前にどうにかしないと、と問い詰めてしまった。

「もう、成留兄ちゃんってなんでそうなの？　人にはね、言いたくないことってのがあるんだよ」

　マホちゃんが、口の周りにホイップをたくさんつけながら言う。

「だってさ……」

「成留、ちょっと来い」

　兄貴が僕を呼ぶ。怒られるのを覚悟して、厨房へ入っていく。

「何？」恐る恐る訊いた。

「今日はさ、このまま店仕舞いするから、おまえここ閉めといてくれないか？」

「は？」

「今日は、予約も入ってないしな。これから、マホを車で送ってくる」

「いや、でもさ……」

「ちょっと、これ手伝って」

　そう言って、兄貴は裏口から僕を連れ出した。右手には、ゴミ袋が握られている。

　じりじりと、太陽が肌を焦がしてくるような暑さだ。

「おまえさ、ちょっとは冷静に考えろよ」

　兄貴は、僕を窘（たしな）めるように言う。

「だって、紫さん明日帰るって言うんだよ。兄貴は、それでいいの？」

「いいも何も、彼女が出した答えだよ。俺たちが口出しすることじゃない」

「紫さんは、この町に何かを探しに来たんだよ。兄貴、見たんだろ？　写真。何が写ってたんだよ」

「俺が見たのは、空と海とオムレツと焼きカレーだけだ。彼女が何を探しにここへ来たかはわからない。それに、探したものが必ず見つかるとは限らないし、見つかったからといってそれがその人にとって幸せなことかどうかもわからない」

「探してもないのに諦めるのかよ」

「紫ちゃんが決めることだよ」

「兄貴は、冷たいんだな」

僕が睨みつけると兄貴は「はあ」とため息をついた。

「他人の人生に踏み込む覚悟がおまえにあるのか？」

「なんだよ覚悟って。大袈裟だな」

「真実を知ることが必ずしも正解だとは限らない。世の中には知らずにいた方が幸せなこともある」

「でも、このままじゃ！」僕は、ムキになって声を上げた。

「とにかく、笑顔で見送れ。俺から言えるのはそれだけだ」

きっぱり言うと、兄貴は厨房の中に入っていく。僕もその後を追う。

「さあ、マホ。帰るぞ」

「はーい」

素直で可愛い天使がそこにいた。口には、チョコやホイップがいっぱいついている。紫さんがナプキンを渡す。それをマホちゃんは受け取り、丁寧に拭った。小さな手鏡をポケットから取り出し、ニッと笑顔でチェック。

マホちゃんは、兄貴と共に店を出ていく。

「またね」と、紫さんは言った。

明日、この町を出ていくのに。

ＢＧＭを切り、しん、となった店には僕と紫さんの二人だけしかいない。

「紫さん、この町に何を探しに来たんですか？」

「何を、か……」

「すみません。僕、どうしても知りたくて。それが余計なことだとはわかってるんです。でも、何か僕にできることがあれば、あなたの力になりたいなって」

なんだか、口がもつれてうまく喋れない。

「ナルくん、ありがとう」

紫さんが微笑む。本当は、それだけで十分なのに。

僕は、もしかしたらこの人を泣かせようとしているだけなのかもしれない。笑顔が見たいくせに、追い詰めて泣かせようとしている。もう一人の僕が耳元で囁く。優しくしたいなら、泣かせてみろよと。

「私がこの町に来て、一月半くらい経つのかしら。楽しかったなぁ。本当に楽しかった。色んなところに行ったし、色んな人に出会った。だけど、私が欲しい答えは見つからなかった。どんなに探しても見つからなかったし、私にはわからなかった」

「じゃ、どうして明日帰るなんて……」

答えってなんだろう？　紫さんが探しているものの正体はなんだ？

「きっと、ここには何もないのよ。ここに来れば、見つかると思ってたのに」

紫さんは、冷たく吐き捨てるように言った。

何かが違う。人を捜しに来たのなら、そんな言い方はしない。

僕は、しばらく考えてゆっくりと訊ねた。

「紫さんが探しているものって、実態のないものなんじゃないですか？」

どんなに探しても見つからないものとは、形のないものだ。自分自身が納得しなければ解決できない。そして、永遠に魂だけが彷徨う。

「さすがね」

紫さんは、小さく笑った。

「納得してなさそうに見えますけど」

「もういいの。これ以上ここにいても、何も見つからないしわからない」

「諦めるんですか？」

「うん」

「話してください。僕が、必ず見つけますから。紫さんが探している答えを」

語気を強めて言った。兄貴の言葉を借りるなら、覚悟を持って挑むつもりでいた。

紫さんは、僕を一瞥するとまた小さく笑った。

「もう、いいの」

「さっき言った、〝男性だけど女性のような名前で活動してる芸術家〟が何か関係してるんですよね？」

「……」

紫さんは、眉間に皺を寄せ、悩ましげな表情で黙りこくってしまった。

沈黙が息苦しかった。冷蔵庫のモーター音だけが鳴っていた。

「その人とは、三年前に出会ったの――」紫さんは、ゆっくりと話し始めた。「――私は、丸の内にある通販会社のＯＬで、これといって目標もないけどなんの不自由もなくて。ただ淡々と日々をこなすだけで精いっぱいで、特に不幸でもないし特に幸せでもなくて、どこにでもいるただの女だったの。まあ、今でもそれは変わってないんだけど」

　紫さんは、大きく深呼吸をすると、さらに続けた。

「会社の近くにね、美味しいご飯屋さんがあってね。ひっそりとこぢんまりとしてるけど、私は好きで会社帰りによく食べに行ってたの。ちょっと、『マホロバ』に雰囲気が似てる。ある日、朝は晴れてたのに、突然雨が降り出した日があって、夕立かなぁなんて思って、お店で雨が止むまで待ってたんだけど、全然おさまらなくて。困ったな、でも帰らないと終電に間に合わないなぁって思って、外に出たの。そしたら、傘立てに一本だけ傘が差さってってね。誰かの忘れ物かなって最初は思ったんだけど、私、その傘を借りることにしたのよ。ふふふ」

　紫さんは、ぐうにした手を鼻に当てながら思い出を楽しそうに話す。

「勝手に？　それは、ちょっとまずいんじゃないですか？」

「そうね、うん。だけど、その傘にはメッセージが添えられてたの。油性ペンではっきりと」

「なんて、書いてあったんですか？」

「『どうぞこの傘を使ってください』って」

「ああ」と僕は、間抜けな声を出す。そして、彼女が初めてここへ来た日のことを思い出した。もう完全には見えないけれど、うっすらと文字が書かれていて不思議に思った記憶がある。

「あの傘、ですよね？」

「そう。あの傘」

「でも、僕ならちょっと躊躇（ちゅうちょ）しちゃうかも」

「一応、お店の人にも了解を得たの。これ、使ってもいいですかって。じゃなかったら、勝手に借りたりなんかしないわ。翌日、すぐに返しに行ったしね。それからも、そのお店には通ってたし、いつか持ち主に会えるんじゃないかなって思ってたんだけど、なかなか会えなくてね。お店の人も持ち主がわからないって言うから、私も半ば諦めかけていたのよ。だって、傘を一度借りましたって言うためだけに人を探すのも変だしね」

「まあ、そうっすね」

「そのことをすっかり忘れたころ、今度は家の近くのコンビニでその傘を見つけたの。そのとき私は自分の傘を持ってたから借りるつもりはなかったんだけど、次はどういう人が使うのか気になってしばらく待ってたの。そしたら、コンビニから出てきた男の人がなんの迷いもなくさっとその傘をつかんだのよ。私、思わず『ダメ』って叫んじゃって、男の人が振り返ったの。『その傘は、あなたの傘ですか？』って訊いたら、『そうです』って頷くのよ。でも、その傘がその人のものかなんて確かめようがないでしょ」

　紫さんは、やや早口になりながら説明する。

「それで、どうしたんですか？」僕は、先を急ぐように訊く。

「『その節は、ありがとうございました』って言ってみたのよ。もし、その男の人が傘の持ち主なら、意味がわかるんじゃないかなって思って」

「それでそれで？」もう、僕は話の続きが気になって仕方ない。

「その人『どういたしまして』って笑顔で言ったの。『私の言った意味、わかったんですか？』って訊いたら、『この傘のことですよね？』って。ああ、間違いない。この人が傘の持ち主だったんだって思ったら嬉しくなっちゃって、『どうしてそんなこと書いたんですか』って訊いてみたの」

「なんて答えたんですか？」

「『最終手段』って言ったのよ、その人」

「どういう意味ですか？」

「その人ね、いつもビニール傘を使ってたんだって。どうせなくしちゃうから安いのにしようって。でも、毎回忘れてたらけっこうな金額になって、もったいないなって思うようになったらしくて。逆転の発想？　とか言ってたかしら。どんなに注意しても忘れてしまうから、マーフィーの法則に倣って高い傘を買ったらしいの。ほら、マーフィーの法則に『傘を置き忘れる確率は傘の値段による』ってあるでしょ」

「ああ」僕は、頷きながら、紫さんとの出会いをまた思い出す。

「それでもやっぱり忘れちゃうみたいで。だったらいっそのこと、みんなでシェアしちゃえばいいじゃないかって結論に至ったらしくて。困ってる人が罪悪感なく使えるようにって、例の一文を油性ペンで書くようになったんだって」

「ナイスアイディアというか、ナイスユーモアですね」

「そしたらね、不思議なことに傘が自分のもとに戻ってくるようになったって言うのよ」

「そりゃ、マーフィーも驚きのミラクルだ」

「でしょ？　マーフィーの法則に書き足してほしいわ。〝置き忘れる確率の高い傘にはメッセージを書け〟とね。〝できれば、相手を思いやる一文がふさわしい〟ってね。ふふふ」

紫さんは、なんだか楽しそうだ。きっと、彼女にとって素敵な思い出の一ページなんだろう。突然、言いようのない思いが胸を締め付ける。物語の登場人物が僕に迫ってくる。勝負をする前から負けを宣告されるような感覚だ。

「それが、彼との出会い。長たらしく話してごめんなさい」

「いえ、続けてください」

僕は、笑顔で促す。いつ、彼女が笑顔で話せなくなるか心配ではあるが、ゆっくり聞くつもりでいる。覚悟を決めたのだから。

「それから、何度か食事をするうちに付き合うようになって、一緒に住むようになったの。

私が彼のマンションにいる時間が長くなって、自然とそういうふうになっていったわ。彼は、写真家でね、世界を旅しながら大自然を撮るカメラマンだったのよ」

そこから、紫さんの声のトーンはいつものように穏やかになる。僕は、〝縛りしりとり〟の内容を思い出していた。紫さんのフレーズのひとつひとつにその人がいたことを。

「彼の名前は、岸川優理。仕事用の名前は、アルファベット表記で『ＹＵＲＩ』。彼にも、仕事用の名前で郵便物が届いてたわ。カタカナでユリ様なんて書いてあるときもあってね。ほんとは、〝ユウリ〟なのに。だから、さっきの平永さんの話を聞いてピンと来たのよ。住所さえ間違ってなければ、宛名はなんでも届くってことを知ってたの」

「なるほど」

僕は、頷く。話の途中でなんとなく気付いていたが、傘のエピソードがあまりにも壮大でそっちの方に驚いた。一本の傘に導かれるように出会うなんて、これこそ本当の運命だ。羨ましいとさえ思う。そして、僕にはそんなユーモアのセンスはない。

「ナルくんが知りたいのは、私がなぜこの町へやってきたかってことだったわね」

「その人を捜すために、ですか？」

紫さんは、目を伏せ、首を振った。

「これ、見てくれる？」

紫さんがスマホを僕に差し出す。画面は、青で覆われている。それは、海と空の写真だった。

「店の前から撮った写真ですよね？」

紫さんがここへ初めて来たとき、兄貴に見せたものだ。

「うん。それと、これも」人差し指でタップし、見せてくる。

「ああ、これ。そういうことか」

焼きカレーの上にオムレツが載っている写真。僕は、妙に納得した。彼女が最初に二つも注文した意味を。メニューを見て、どれにするか悩んでいたんじゃない。この写真と同じものがなかったら困っていたのだ。合体させることに気付いた彼女はそれを〃幸せのふわふわ焼きカレー〃なんて名前をつけたということか。彼が最後に食べたであろう食事を、自分も食べてみたくてここを訪れたのだ。

「彼が最後に私に送ってきた写真がこれだったの」

「最後ってどういうことですか？」

やはり、紫さんは恋人と別れた傷を癒しにここを訪れたのか。

それにしては、腑に落ちない点がいくつかある。

「彼は、亡くなったの。この町で」

紫さんの顔から笑みが消えた。瞳から涙が溢れる。

黒いワンピースに、百合の花。そうか。あのとき手に抱えていたのは、供花だったのだ。

僕は、踏み込んではいけないところまで来てしまったようだ。予(あらかじ)め予想していた展開とはいえ、胸が苦しい。

できることなら、その涙を拭ってあげたい。大丈夫、僕がいるよと優しく言ってあげたい。だけど、できなかった。ぎゅっと、拳を握りしめる。

「私たちは、結婚の約束をしてた。具体的なことは何も決まってなかったけど、お互いの中ではいつかそうなるものだっていう意識があったの。たぶん、あったんだと思う。少なくとも私の中にはあったし、それが近い将来だっていう思いでいたんだけど、彼はそうじゃなかったのかもしれない。具体的な話をしようとしたら、もう少しもう少しって延ばされて、いつもそのことでケンカになっちゃってね。だんだん、うまくいかなくなって……。現実的なことばかり言う私に、彼も嫌気がさしてたんだと思う。お互い、何かに焦ってた。そんなこんなしてたら、彼が手に怪我をしちゃって全く仕事ができない時期が続いてね。収入はないのに、他の仕事をするわけでもなくて。私はイライラして『もう、そんな仕事止めちゃえば？』って言ってしまったの……。ひどいでしょ、私」

紫さんは、頬を痙攣(けいれん)させる。

僕は、どうしようもなくて唇を噛んだ。そっと、肩に手をやることだって躊躇(ためら)われる。

「宙ぶらりんの状態のまま、私は彼の家を出ることにした。それから、二ヶ月くらいして、彼から久しぶりにメールが来たの。それが、さっきの写真」

「仕事でこの町に？」

「うん。ウエディングフォトの撮影だったみたい」

「それで、彼はどうして？」

僕は、彼がなぜ亡くなったのかという意味で訊いてみた。

「欅の大門を見る遊覧船から海に落ちて亡くなったのよ」

そのことは、ニュースで見た記憶がある。五月の終わりごろではなかっただろうか。観光客の男性としか報道されなかったはずだ。たくさんある事件や事故の一つとして流れていってしまった情報。あれが、紫さんの婚約者だったとは。しかも、その人がうちの店を訪れていたなんて知らなかった。

そこで、紫さんが毎日海を眺めていた理由や、遊覧船乗り場で涙を流していた理由が一気に繋がった。船を見てたんだ。

でも、遊覧船から落ちるなんてよっぽどのことだ。天気が荒れていたら船は出ない。二十人ほど乗れる小型の船で、デッキには手すりがついている。子供なら、誤って落ちる可能性もあるだろうが、子供でさえ落ちたという話はそれまでに聞いたことがなかった。

「自殺の可能性があるって警察の人が言ってたわ」

「え……」

「予定されていた仕事はすでに終わっていたそうよ。だから、遊覧船は完全にプライベートな時間だった」

「私も乗ってみたの、その遊覧船に。でもね、ふつうに乗ってたら落ちるような造りじゃないのよ。それに、彼だけ反対側向いてたみたいなの。みんなが船のデッキに集まって洞窟の方を見てるとき、彼だけは船の進行方向と反対側にいたって。気付いたら、彼の姿が見えなくなっていて……。一緒に乗ってた観光客の人がそう証言したらしいわ」

彼だけ逆を向いていたとはどういうことだろう？　洞窟を見るために乗ったんじゃないのか？

僕は、引っかかりを覚えた。もし、自殺なら遊覧船から海に落ちるよりも別の方法を取るのではないだろうか。一緒に乗っている関係のない人たちに不快な思いをさせるかもしれないとは考えなかったのだろうか。

だけど、それより自殺の動機だ。

「彼ね、焼きカレーとオムレツの写真のあと、メッセージを送ってきたの」

「なんて、書いてあったんですか？」

紫さんは、スマホをタップし僕に画面を見せてきた。

『僕と出会ってくれてありがとう。

僕を好きになってくれてありがとう。

君を怒らせてしまってごめんね。

君を不安にさせてごめんね。

でも、僕は君のことを今でも愛している。

僕は、君と出会えて本当によかった。

僕は、し』

そこで、文字は切れていた。

「送るなら、ちゃんと最後まで打ってよね。この先の言葉をどうして私が考えなきゃいけないんだろう。最後の一文は〝僕は、死ぬことにします〟って入力したかったのかな」

紫さんは、怒りながら言う。

確かに、疑問の残る文章だ。ラブレターなのに、ごめんねなんて言葉も出てくるし、最後に送ったのがこれならやっぱり遺書って思われても仕方がない。

「紫さんは、彼が本当に自殺したと思ってるんですか？」

「わからないっ。だって、遺族でも家族でもない私には、何も教えてもらえなかったのよ。電話で事情聴取を受けただけ。こっちの質問にはほとんど答えてもらえなかったわ。ここに来たら、何かわかるかなって思ったけど、余計にわからなくなっちゃった。こんなに、素晴らしい場所なのにどうしてって。焼きカレーとオムレツ食べたときに思ったの。こんな美味しいもの食べたあとに死ぬなんてバカだなって。でも、やっぱり私が彼を追い込んだのかもしれない」

紫さんは、唇を噛みしめながら言った。激しく自分を責めている。

「あの、彼のスマホは？」

「見つからなかった」

「じゃ、カメラは？　それを見たら何かわかるかも」

「どっちも見つからなかったのよ」

「水没した可能性が高いってことですね。目撃情報はないんですか？　彼が落ちる瞬間を見ていた人とか」

「いなかったそうよ」

遊覧船に乗る人たちの目的は欅の大門＝洞窟を見ることだ。乗り合わせた人が何をしていたかなんて、よっぽどのことでなければ記憶に残らない。

自分たちとは反対側にいた。進行方向とは逆を向いていた。この二点だけしか覚えていない。そんなものだろう。たとえ何か見ていたとしても、曖昧な記憶で証言するのは躊躇われるはずだ。僕だってその場にいたらきっと怖い。助けられたかもしれない命を助けられなかったと後悔の念に苛まれる人だっているだろう。

現に、こうして目の前で苦しんでる人がいる。もしかしたら、追い詰めたのが自分の言動だったかもしれないと自身を責めながら。

このまま、彼女を返してしまっていいのだろうか。

悲しい記憶のまま、明日この町を去って行くなんて残酷すぎる。

兄貴の言葉を思い出していた。

『とにかく、笑顔で見送れ』

僕は、彼女を笑顔にできる術なんて持っていない。

どうすればいい？　こんなとき、兄貴ならどうする？

頭を抱えて考える。だけど、いい方法なんて何も浮かばない。

それでも考える。紫さんが笑顔になる方法を。

トントントン、と兄貴の真似をしてこめかみを叩く。

僕は、どうしても信じられなかった。

運命を感じて愛したその人が、彼女を置いて行ってしまうなんて。

僕は、今まで紫さんから聞いたこと、見せてもらったことを思い出す。少ない情報の中、気になることを一つ一つ検証していくことにした。

胸の奥にあるモヤモヤがいったいなんなのか、自分でもその正体が知りたかった。もしかしたら、彼女は何か大切なことを見落としているのではないだろうか。

僕は、会ったこともない恋敵に挑むように、祈るように、思いを馳せる。

「紫さん、少し僕の質問に付き合ってください」

「うん」小さく頷いた。

「彼は、約束を破るような人ですか？」

「ううん」

「彼は、無責任な人ですか？」

「ううん」

「彼は、あなたのこと愛してましたか？」

「えっ……。ナルくん、なんなのこの質問は」

「行きましょう」

僕は、紫さんの手を引いて外に出た。玄関から回って、テラス席へ誘導する。

目の前の海には、遊覧船が浮かぶ。彼女は毎日これを見ながら、彼が死んだ理由を探していた。

「観光の所要時間は、約三十分。出航して五分もすれば、欅の大門の断崖が見えます。天気がよければ、洞窟内に船が侵入します。船がギリギリ入り込めるほどの狭さです。彼は、乗船してどのくらいで落ちてしまったのでしょう？」

遊覧船を指さして言った。

「ナルくん、もういいのよ」

紫さんは、ゆっくり僕の手を放した。

なんの期待もしていない表情で、ぼんやり海を見つめている。

体の芯がふつふつとしてくる。

怒りなのか悔しさなのか、よくわからない感情。どうしようもない僕は、後ろから彼女を抱きしめていた。

「僕は、その人を信じたいんです。傘に、あんなこと書く人ですよ。絶対、いい人だと思うんです。思いたい。どうしても、遊覧船から落ちて自殺するような人だとは思えないんです。人のために何かすることはあっても、人に迷惑をかけるようなことはしないと思います。だから、もう少しだけ……。僕が紫さんを笑顔にしますから。もうちょっとだけ待ってください」

精いっぱいの告白も虚しく、紫さんは優しく僕を解くように離れていく。

触れていたてのひらから、温もりが消えていった。

苦しかった。悲しかった。悔しかった。全身が押しつぶされたような強い痛み。僕の思いは、彼女には届かなかった。

——優しい拒絶。

彼女の精いっぱいの笑顔がそれを物語っていた。

ずるいよそんなの。胸が詰まった。鼻の奥がツンとなる。

「ありがとう。でも、もういいの」

涙を拭いた頬がつややかに光っている。不謹慎だけど、泣き笑いのその笑顔は、とても美しいと思った。

ふーっと、大きく深呼吸をする。冷静になれ、と自分に言い聞かせた。今やるべきことは、溜まった感情を彼女にぶつけることではない。

また、兄貴の言葉が浮かんだ。

彼女を笑顔にしないと。僕に残された使命は、それだけだ。

絡まっている糸をほぐすように推理していく。

「あの、彼が亡くなった正確な日時わかりますか？」

「五月十七日午後三時四十五分って、新聞には書かれていたわ」

紫さんに言われた日付をスマホで検索してみた。スペースを開けて、〝愛島〟と入力する。空や海の類の写真の載ったブログを開いたり閉じたりしてみる。

明確な何かが見えているわけではない。

「紫さんに送られてきた、最後のメッセージは何時ですか？」

「午前十一時二十四分よ」

「約三時間半後か」

僕は、紫さんの握りしめているスマホを見つめた。

彼は、死ぬ前にメッセージを残している。たった三時間半で、彼に何が起きた？　急に思い立って、遊覧船に乗り込んで海に身を投げたというのか。それとも、最初から決めていた？　決めていたのなら、なぜメッセージが知り切れトンボ状態なのだろう。やはり、おかしい。

　おそらく、死亡が確認されたのは病院だ。ということは、海に落ちた時間はもっと前。僕は、頭の中にある小さなヒントをかき集めては捨て、また集めては捨てる。必要なものだけを少しずつ繋げていく。

「ああ、そうか」僕は、とても簡単なことに気付いた。

「何？」紫さんが訊く。小さな光が瞳に宿っていた。

「『起こる可能性のあることは、いつか実際に起こる』」

　兄貴のセリフを拝借すると、自分の推理を話し始めた。

「彼は、きっと船の上から紫さんにメッセージを送ったんですよ。たぶん、乗船してすぐ」

「どういうこと？」

「遊覧船の出航時間は、電車のように正確ではありません。乗客の人数によっても変わるし、天気によっても変わります。新聞やニュースにはおおよその出航時間が書いてあったはずです。覚えてますか？」

「午前十一時半ごろだったと思うけど」メッセージを送った時間とほぼ変わらない。

「やっぱり。彼は、そのメッセージを入力している最中、何かを思いついてしまった。いや、何かを見てしまった。たぶん、欅の大門より心惹かれるものを。だから、メッセージが中途半端のまま誤送信されてしまったんじゃないかな」

僕は、言いながらスマホをタップする。

婚約、約束、結婚、ケンカ、仕事、ウエディングフォト、焼きカレー、遊覧船、マホロバ、空、海、傘……。

そのとき、〝カサ〟というワードをミス変換したときに起きた。

「これは、なんだ？」

僕は、気になるワードを入れてさらに検索する。

「彼は世界中を旅しながら大自然を撮る写真家だったんですよね？」

「ええ」紫さんは頷く。

「もしかして……」ある可能性にぶち当たる。脳裏に、会ったこともない彼の姿がシルエットとなって浮かんだ。

もし、それが正解ならば、彼が自殺ではなかったことを証明できるかもしれない。だけど、今となってはただの推測だ。それでも、可能性としては十分に考えられる。

「これ、見てください」

僕は、紫さんに自分のスマホを見せた。

「これは、彼が亡くなった日の愛島の空です。時間は、午前十一時半ごろと書かれています。観光客のブログに載ってたものを見つけました。ここに、輪っかがあるでしょう。太陽の周りに虹色の光の輪が現れる現象を日暈（ひがさ）やハロと言います。カサはカサでも、空に見えるのは暈（かさ）です。これは、とても珍しい現象なんです。二人の出会いも、〝傘〟でしたよね？　奇跡のような出会い。僕の推理ですが、彼は、紫さんにメッセージを打ちながらふと空を見上げた。そして、スマホを慌ててポケットに仕舞い、カメラを手に取った。乗客が欅の大門を見ているとき、彼だけ洞窟と反対側を見ていたのは、空に暈を見つけてしまったから。夢中でシャッターを切り続けた彼は、誤って海に落ちてしまった。そう考えることはできないでしょうか」

一気に喋ったものの、それが正解かなんて僕にもわからない。だけど、僕はそう信じたかった。好きな人の好きな人は、素敵な人であってほしい。

「ナルくん、ありがとう」

ゆっくり呼吸を整えて言った。

目の前は、海と空が一つになるような真っ青なブルー。見上げると、太陽が僕たちを照らしていた。

紫さんは、右手で輪っかを作り空に翳（かざ）す。

「暈か。見てみたいな」紫さんが言う。

「あ！」

何かが降りてくる感覚。キラキラと輝くその壮大な景色が伝えていた。

「最後のメッセージがわかりました。彼が伝えようとしていたこと」

「何？」

「〝僕は、死ぬことにします〟ではなくて、〝僕は、幸せでした〟じゃないでしょうか」

紫さんの薬指にある指輪を指して言った。

紫さんはかっと目を見開き、僕に向かって「し、し、しあわせ……」と呟いた。

「『し』から始まる言葉を探してくれたのね。私が傷つかない言葉を連想させて。まるで、〝縛りしりとり〟みたい」

「僕は、あなたの笑顔が見たかっただけです」

まっすぐに見つめて正直な思いを口にした。

その先に続く言葉だって、僕には想像ができた。

〝君を幸せにしたい〟〝君を迎えに行く〟いくらでも、浮かぶ愛の言葉を僕は呑み込んだ。

あれは、遺書ではなくてプロポーズだったのだ。

紫さんは、すとんと力が抜けたように柔らかい笑みを漏らす。それまでの重い空気が一気に溶けていくみたいだった。

「ナルくん、ありがとう。ここに来られて本当によかった。私はもう大丈夫」

きゅっと、引き締まった唇はとても凛々しくて、彼女の決意が見て取れた。

〝大丈夫〟は魔法の言葉だ。言い聞かせていれば、それは本当に叶う。

「大丈夫大丈夫」僕が母ちゃんにいつも言われていたから間違いない。心に効くお薬。

「紫さん、僕、ここで待ってます。また、食べに来てくださいよ〝幸せのふわふわ焼きカレー〟」

　うん、と頷いた彼女の笑みは力強い光に満ちていた。

　透明な風が、プルメリアの香りを僕の鼻腔に届けてくれる。

　目の前に広がった青く壮大な景色。

　きっと、限りない温かさをくれるだろう。晴れの日も雨の日も曇りの日も、空はいつもここにあるように。空は、一つだ。繋がっている。

「またね」

　一歩踏み出した誰かの背中をそっと押す。

　そして、きっとまた出会える。

　だって、ここは、みんなの素晴らしい場所（マホロバ）だから。

了

あとがき

本書を手に取ってくださり、どうもありがとうございます。

作品には、書いていて楽しいものと苦しいものがあるのですが、この作品は完全に前者です。とにかくみんなが愛おしくて、これからどうなるの？　とわくわくしながら書きました。

「マーフィーの法則」を元に小説を書いてみたらどうだろうという構想のようなものは以前からあったのですが、具体的な案まではなかったんです。

オチを全て「マーフィーの法則」に絡めてみようくらいの緩い設定で考えてました。

ある日、Ｔｗｉｔｔｅｒ上で読者の方と〝忘れがちな傘〟について話をしたことがありました。私はまず「値段の高い傘を買ったらいかがでしょう？」と提案しました。しかし、「それは試したけどダメだったんだよ」とのこと。「じゃ、名前を書いてみてはどうだろう？」→「いやいやそれも試したけどダメで……」。

いくつかのやり取りの後、あの一節「どうぞこの傘を使ってください」が生まれたのです。そこから、少しずつ物語ができていきました。

章ごとに話は完結してるけど、あちこち登場人物がリンクしているという作風は私の得意分野でして、パズルのピースを繋げて一枚の絵を完成させるような達成感があります。閃きはいつも私の日常の中に転がっていて、そこから掬い取って研磨して物語にしていきます。二章のプロレスのお話は、元々はボクシングを見ていたときに思いついた話です。地上波のテレビに絶対に出ないアーティストが画面に映るのを私は祈るような思いで見つめていました。それを真横で見ていた子供たちは、「ママって、ボクシングが好きなんだ」と勘違いしたらしく、これは使えるなと考えたわけです。

最終章のカサの誤変換だって、実際に私の変換ミスがあったから思い付いた話ですしね。

作中登場する〝愛島(いとしま)〟は福岡県糸島(いとしま)市をイメージして書いております。実在する名称は一部捩って使用しています。欅(けやき)の大門(おおと)→芥屋(けや)の大門(おおと)、四見ヶ浦(よつみがうら)→二見ヶ浦(ふたみがうら)、つまんでみ卵(らん)→つまんでご卵(らん)ｅｔｃ……。

ご興味のある方は、この夏、聖地巡礼してみてはいかがでしょう？

これからも、三人の物語を書いていきたいので、応援してくださると嬉しいです。続編が書けますように、と願いをこめてあとがきとさせていただきます。

令和二年六月　悠木シュン

ことのは文庫

海辺のカフェで謎解きを
～マーフィーの幸せの法則～

2020年7月23日 初版発行

著者 悠木シュン
発行人 武内静夫
編集 佐藤 理
編集補助 仲 夏子
印刷所 株式会社廣済堂
発行 株式会社マイクロマガジン社
URL:http://micromagazine.net/
〒104-0041
東京都中央区新富1-3-7 ヨドコウビル
TEL.03-3206-1641 FAX.03-3551-1208（販売部）
TEL.03-3551-9563 FAX.03-3297-0180（編集部）

本書は、書き下ろしです。
定価はカバーに印刷されています。

ISBN978-4-86716-036-7 C0193
乱丁、落丁本はお取り替えいたします。